俺の愛しい王子様

河合ゆりえ

14949

角川ルビー文庫

CONTENTS

口絵・本文イラスト／明神　翼

序章

街角から流れてきた歌に　足を止める
もしあなたが愛してくれれば　世の中のことなんてどうでもいい
もしあなたがそうしろと言うのなら　世界の果てまで行ってもいい
昔からその曲を何度も聞いているはずなのに　今こんなにも胸に沁《し》みる
見上げた空からは　細やかな雨
降り注ぐ雫《しずく》は　まるで彼への想《おも》いのようだ
愛している
愛している　君だけを
どれだけ遠くへ行ったとしても
どれだけ長い年月が経《た》ったとしても
愚《おろ》かだと　笑われてもいい
遠くなる歌声に合わせて　口ずさむ
石畳《いしだたみ》に踏《ふ》み出した一歩に　決意を込めて

第一章

十一月ともなると陽《ひ》が出ている時間は徐々《じょじょ》に短くなり、夜の訪《おとず》れが急に早くなったような気がする。

壁《かべ》にかかった手彫《てぼ》りの時計がポンと鳴り、俺に閉店時間が近いことを告げた。

『――熱い紅茶を飲むと、何だか落ち着くな』

ふいに、カウンターのスツールに座る一人の男性が、フランス語でそう言った。

俺に向かって話しているわけではないことは、彼のどこかぼんやりとした目線が物語っていた。だからこそ、俺はあえて彼の呟《つぶや》きにも似た言葉を無視する。

たとえ、俺――藤本修司《ふじもとしゅうじ》が半分フランス人の血を引いていて、フランス語が理解できると彼がわかっていても。

在日フランス大使館・領事部法務担当官。

それがカウンター越《ご》しに座る、アレクサンドル・ルヴァルの肩書《かたが》きだった。

彼は俺が経営するカフェ『Le Petit Café（小さなカフェ）』の常連客であり、週に何回か店を訪れる。

よく店を訪れるゲストとは、そのうち親しく言葉を交《か》わすようになるし、また、アレクもその一人だった。

しかし今日、閉店時間も近づく頃《ころ》にふらりと現れた彼は、いつもと様子が違《ちが》った。香《かお》り高いヌワラエリヤを注文し、何を話すでもなく視線を宙にさ迷わせるその姿は、いつもの快活な印象からは程《ほど》遠い。

『仕事で、何かあった？』

カップをティータオルで拭《ふ》きながら俺がそう声をかけると、今まで伏《ふ》せていた彼の目線が上がり、柔《やわ》らかな木漏《こも》れ日を思わせるヘイゼルグリーンの瞳《ひとみ》が俺を見つめる。

彼がひどく疲《つか》れているように見えて、とっさに声をかけてしまったが、俺はすぐに後悔《こうかい》した。

『失礼。立ち入ったこと聞いて』

ゲストの私生活を詮索《せんさく》するようなことをするなんて、接客業として一番してはいけないこと。俺はすぐに謝ると、カップを磨《みが》く作業を再開した。

『いや、あなたは何も悪くないよ。…ちょっと最近、協議離婚《りこん》の相談の仕事ばかりで気が滅入《めい》ってて…』

しかしアレクは、柔らかく波打つハチミツ色の髪《かみ》をクシャリと掻《か》きながら俺にそう言うと、この連日悩《なや》まされているという出来事を話し出した。

日本で暮らす外国人が何か問題を抱《かか》えた時、自国の大使館の人間に相談するということは、よく知られている話だが、アレクの仕事は正にその問題を処理することに終始していた。それは犯罪に関することから家庭の問題まで、多岐《たき》にわたるらしい。

『…結婚して、日本で暮らしているフランス人と日本人が離婚する場合、日本の居住地法に則《のっと》って離婚の協議が進められるんだけど、かなりの確率で親権や養育権の問題で揉《も》めることになるんだ。これがフランスなら、裁判所が離婚を許可するものだから、揉めることはほとんどないんだけどね。…仕事とはいえ、嫌《いや》なものだよ。元夫婦《ふうふ》が子供の奪《うば》い合いをする姿を見るのって…』

相当な修羅場《しゅらば》が繰《く》り広げられるのだろう。品のいい大型犬を思わせる彼の表情が悲しそうに歪《ゆが》み、俺はついその頭を撫《な》でてあげたい気持ちになる。

しかし俺がそんなことをしたら、アレクは拗《す》ねたように「子ども扱《あつか》いしないでくれ」と言うかもしれないが。

『…愚痴《ぐち》っぽくなったね。それに閉店時間も過ぎているし』

チラリと腕時計《うでどけい》を見たアレクは、肩《かた》をすくめて謝るが、すぐに席を立とうとしないのは、まだ彼がこのまま話をしていたいという気持ちの表れのように感じた。

『別に構わないよ。…そうだ、この間アレクが日本語で話すのを聞いたけど、すごく上手でびっくりしたよ。どうしてあんなに話せるんだ？　日本に来たの、つい最近だろ？』

俺はアレクに紅茶のお代わりを出しながら、湿《しめ》っぽくなった空気を変えようと、以前から不思議に思っていたことを聞いてみた。

今は俺達二人、フランス語で会話をしているが、一度彼が流暢《りゅうちょう》な日本語を話すのを聞いたことがある。

父親が日本人である俺は、日本語を幼い頃から話せてはいたが、ちゃんとした文法に則って会話ができるようになったのは、ずっと後だ。

『生活、という意味では、日本に来たのは最近だけど、大学の頃から日本語は勉強していたんだ。大学には留学してきている日本人の学生もいっぱいいたし。…まあ、そうこうしているうちに、今の状態になったってわけ』

アレクは俺がした質問に、聞かれ慣れているのか、すらすらと事の次第《しだい》を説明してくれた。

『へえ…すごい』

『シュウジは日本にいるの、長いんだよね？　学校はどっちで？』

アレクの言語習得能力の高さに深く感心した俺だが、彼に続けて聞き返され、少し言葉に詰《つ》まる。

『あー…俺は十五…いや、十六になる年か。父方の祖父が死んだ後、祖母は俺たちとパリで暮らしていたんだけど、やっぱ日本が恋《こい》しくなったんだろうな…お墓も日本にあったし。んで、余生を日本で過ごしたい、って言う祖母に付いて来日したんだ。それに合わせてこっちの高校に編入したんだよ』

もう十数年も前の事なのに、俺は日本に来た頃を今でもはっきり思い浮《う》かべる事ができる。他《ほか》の色んなことはすぐに忘れがちだが、その当時の事はやけに鮮明《せんめい》で。

『いきなり日本の学校？　インターナショナルスクールじゃなくて？』

いくら会話は完璧《かんぺき》でも、書く方はそう簡単にはいかない場合が多い。アレクは何て無謀《むぼう》な、と言いたげに目を見開く。

『いや、インターじゃなくて、普通《ふつう》の学校。祖父も通っていた、伝統と格式高い私立学校に単身乗り込んだんだ』

アレクが言いたい事はわかったから、俺は冗談《じょうだん》めかして笑いながらそう言い、磨き終わったカップを後ろにあるキャビネットへしまっていった。

『授業についていけた？』

『うーん、まあ、日本に来る前にそれなりに勉強はしていたから大丈夫《だいじょうぶ》だろ、って感じだったんだけど、確かに最初はキツかったな。でも、すぐに楽しくなったよ…』

日本に来たばかりの頃——そう、楽しくて、ワクワクすることで溢《あふ》れていた毎日。

幼い頃から祖父母が話し聞かせてくれていた、遠い東の島国にずっと憧《あこが》れていた俺だけど、日本に来た時、見るものすべてが日本語の表記なのにまず驚《おどろ》いた。そして、フランスと文化的にもまるで違う日本で、このまま暮らして行けるのかと、少し不安になったのも事実だ。

でも、祖父が小学生の時から学んだという私立学校に通うようになって、友達もでき、俺の不安は徐々に消えていった。

その頃から、俺は授業や仕事などの特別な場合を除いて、日常会話は日本語を使おうと決めていた。

日本語の美しさに感銘《かんめい》を受けたし、何より、その美しさを教えてくれた人が、いつも傍《そば》にいたから。

——修司。

遠い思い出の中の人物が、俺の名前を呼ぶ。

低いけれど瑞々《みずみず》しく、そして滑《なめ》らかな響《ひび》きを持った彼の声が、耳の奥に蘇《よみがえ》ってくるのを感じて、俺は静かに目を閉じた。

『…シュウジ？』

けれど実際に聞こえてきたのは、彼とは違う声色《こわいろ》。

背中をドン、と押されたような衝撃《しょうげき》にハッと我に返ると、いつの間にかアレクは席を立ち、怪訝《けげん》そうな顔で俺を見ていた。手には代金を支払《しはら》おうと、チェックを挟《はさ》んだホルダーを持ちながら。

何かの拍子《ひょうし》に思い出す記憶《きおく》の数々は、まるで夜空に鮮《あざ》やかに浮かび上がる星座のようだ。

それらは思い出す度《たび》、俺の頭の中で個々に強烈《きょうれつ》な光を放ち、忘れようとする俺をいつまでも照らし続ける。

俺の中にある小宇宙。星が輝《かがや》けば輝くほどに、俺の心はブラックホールの中にいるような果てしない暗闇《くらやみ》に包まれてしまう。

『ああ…ちょっとボーっとしてた』

俺は慌《あわ》ててカウンターを出ると、アレクから代金をうけとる。そしてそのまま外の灯《あか》りを消すために、彼と共に外に出た。

澄《す》んだ夜空に浮《う》かぶ銀色の月が俺達を照らし、頬《ほお》に当たる冷たい空気が、もうすぐ訪《おとず》れる冬を予感させていた。

『…シュウジ。さっき、僕が言った事聞こえていた？』

『え？　いや…？　もう一回言ってくれないか？』

月を見上げていた俺は、傍《かたわ》らに立つアレクを振《ふ》り返った。そんな俺に、なぜかアレクは苦笑《にがわら》いを浮かべる。

『…ほんとに聞こえてなかったんだね。まあ、無視されたわけじゃないから、安心したけど』

『無視なんてそんな…え？……！』

至近距離《きょり》にアレクの瞳が見える。そう感じた次の瞬間《しゅんかん》、唇《くちびる》に触《ふ》れる柔らかな感触《かんしょく》。

キス、された。

それはあまりに唐突《とうとつ》で、その事実に俺がはっきり気付いたのは、唇が離《はな》れてから数秒後。その時既《すで》にアレクは俺から離れていた。

『あなたが好きだ。そう言ったんだ、さっき』

どういうつもりだよ？　と怒鳴《どな》るつもりだったのに、突如《とつじょ》告げられたアレクの告白を聞いて、俺の言葉は喉元《のどもと》で止まった。

好きだ。

そんなストレートな言葉で愛を告白されたのは久しぶりで。

『驚かせてごめん。でも、あなたが寂《さび》しそうな顔をするのを、もうこれ以上見ていたくないんだ。だから…僕でよかったら、あなたの傍にいさせてほしい』

アレクは少し困ったような顔で見つめてくる。その顔はいたずらを叱《しか》られた子犬のようで、そんな顔を見せられたら、誰だって怒《いか》りの感情を抑《おさ》えるだろう。

『…これ、僕の携帯《けいたい》の番号。…気が向いた時に返事をくれたらいいから』

アレクは再び俺に近づいてきて、ポケットから取り出した自身の名刺《めいし》を俺の手に握《にぎ》らせると、控《ひか》えめに俺の頬にキスをして立ち去った。

寂しそうな顔？

アレクが言った言葉が、頭の中を駆《か》け巡《めぐ》る。

俺は、ずっとそんな顔を見せていた？

店の戸締《とじ》まりを終え、奥にあるドアをくぐると、そこからプライベートな空間が広がる。

数年前に他界した祖母から譲《ゆず》り受けたこの店舗《てんぽ》兼《けん》自宅は、元はヨーロッパアンティーク商をしていた祖父が建てたものだった。

三年前、それまでしていた仕事を辞《や》め、パリから日本に再び戻《もど》って来た俺は、この家でかねてからの夢である紅茶専門のカフェ――フランスではサロン・ド・テと呼ばれる――を始めようと決めた。

祖父の時代から一階部分は店舗だったから、改装は少し手を加えるだけでよかった。住居部分も然《しか》り。

リビングのソファにどさりと仰向《あおむ》けに倒《たお》れ込むと目に映るのは、祖父自慢《じまん》のシャンデリアに施《ほどこ》された、藤《ふじ》の花のモチーフ。それは、淡《あわ》いオレンジのガラスの中、繊細《せんさい》なまでの美しさで朱《しゅ》色《いろ》に浮かび上がっていた。

アール・ヌーヴォ様式のアンティークを専門にしていた祖父は、自分達が住む家の内装や、普段《ふだん》使うものにもそれらを取り入れていた。

アンティークに囲まれたこの部屋にいると、時が止まったような感じを覚える。けれども祖父母の思い出が詰まった優雅《ゆうが》なその空間で過ごすのは、俺にとって何より心休まるひと時だ。

「好きだ、か…」

祖母が刺繍《ししゅう》をした、縁《ふち》に三色スミレが施された柔《やわ》らかないくつものクッションを頭に乗せると、俺はアレクからの告白について思いをはせた。

店を構えて三年。これまで何人かのゲストから、さっきのような告白を受けたことがある。その内二つ女性はもちろん、男性からも。

自分が同性から恋愛《れんあい》対象として見られることに、俺は別に嫌悪《けんお》を感じたことはない。そもそも俺自身も、女性に対して恋愛感情を持てない。

人懐《ひとなつ》っこい笑顔《えがお》で気さくに接してくるアレクは、出会った当初から好感が持てた。ゲストの中には客という立場を利用して傲慢《ごうまん》に近づいてくる輩《やから》もいたから。

その点アレクは、親しさの中にもちゃんと礼節をわきまえている男で、俺は彼と話していて不快になったことなど一度もない。

確か俺より三つほど歳《とし》が下だと聞いたことがあるが、普段会話する内容から窺《うかが》い知るかぎり、俺なんかよりずっと大人な考えの持ち主だと、いつも思っていた。

返事はいつでも良いって言っていたけれど、それは次にアレクが店に来たときという意味なのか？　でも、店でそんな話は出来ないから、やっぱり電話で話すことになるのか…。

そう考えて俺は、気持ちが重くなるのを感じた。

「…メールのチェックでもするか」

このままゴロゴロしていたら寝入《ねい》ってしまう危険性があるのと同時に、俺はこの問題の結論を早急《そうきゅう》には出したくなかった。

尤《もっと》も、考える時間の長さに関係なく、俺の答えは決まっているのだが。

いくらアレクに好感が持てるとしても、俺が彼に感じるのはあくまで弟に対するような感情で、それ以上にもそれ以下にもなることはない。

ただ、彼の告白を断る事によって、せっかくできた親しい友人を失うのが残念だった。

俺に交際を断られてからも店を訪れるという、強い神経を持ち合わせていたゲストは、今まで皆無《かいむ》だ。アレクに返事をする事は、俺にとって友人を失うのと同時に、数少ない常連客まで失う事になるのだから、落ち込みも激しい。

「まったく…色恋沙汰《いろこいざた》ほど面倒《めんどう》な事はないな…」

俺はそうボヤきながら二階に上がると、突《つ》き当たりの部屋、その昔『蒼《あお》の部屋』と祖母が呼んでいた、ペールライラック色の壁紙《かべがみ》が貼《は》られた部屋に入る。

上部に彫《ほ》り物が施された木製のベッドと、揃《そろ》いのサイドテーブルに本棚《ほんだな》。そしてマホガニー製の机と椅子《いす》が配置されたその部屋は、学生時代からの自室だった。

俺は壁のスイッチに手を伸《の》ばし灯りを点《つ》けると、机に置いてあるノートパソコンの電源を入れた。

「…受信トレイ…んー、結構きているな…」

メールソフトを開くと、受信トレイにずらりと並んだ電子メール。その中にはジャンクメールも交じっていたが、一番多いのはワイン教室の生徒さん達からのものだ。

住宅街のど真ん中にある俺の店は、一見しただけでは店舗と見えないらしく、入ってくるお客も少ない。ぼーっとしていたら、あっという間に店を畳《たた》まなくちゃならなくなる事は目に見えていた。

けれど俺は店のホームページをつくったり、フリーペーパーなどに広告を出したりということをしてまで、集客をしたくなかった。

そんな俺の考えに心配かつ呆《あき》れた父の古い友人は、違《ちが》う手で収入を得る事を俺にアドバイスしてくれた。

――ソムリエの資格を持っているんだったら、ワイン教室をしてみるというのは？　ちょっとしたサロンみたいな雰囲気《ふんいき》の教室にしたら、女性は喜んで通うと思うけどな。

そう強く勧《すす》められて、俺は彼のアドバイスを試《ため》しに取り入れてみる事にしたが、内心そんな簡単に生徒なんて集まるのか？　と半信半疑だった。

しかし蓋《ふた》を開けてみると、最初は月一で数人から始まった教室も、今や毎週開講要請《ようせい》が出るほど規模が大きくなっている。

俺としてはカフェ単体が上手《うま》くいく方がいいんだけど…。

そんな複雑な思いが俺の中に無きにしもあらず。しかしそれは贅沢《ぜいたく》というものなのだろう。

「…？　このメールアドレス…？」

受信トレイにあるジャンクメールを消去し、もらったメールに返信をして。

何度かそれを繰《く》り返した後、俺は一通のメールに気が付いた。

「まさか…何で…」

Kaoru Kujo

差出人の名前を認めた途端《とたん》に、俺の指先がカタカタと震《ふる》えた。

何かの間違《まちが》いじゃないだろうか？

俺は動揺《どうよう》を隠《かく》せないまま、恐《おそ》る恐るそのメールを開いてみる。


修司、一体何を隠している？


書き出しのその一文が、ピストルから発砲《はっぽう》された弾《たま》のように俺の心を撃《う》ち抜《ぬ》いた。血の出ない傷はそれでも痺《しび》れるような痛みを伴《ともな》い、指先の震えが全身に回っていく。

身体《からだ》だけじゃない。意識の奥の奥まで、震える気がした。今まで眠《ねむ》っていたはずのその意識はゆっくりと覚醒《かくせい》を始め、俺の中で再び勢いを増していく。

俺はその後の文章を読もうとしたが、動揺した頭の中は、文章をしっかり理解するには程《ほど》遠い状態で、文字がただ目の前に映っているだけだった。

「どうしよう…」

俺は立ち上がると、動物園のクマよろしく、部屋の中をぐるぐると歩き回る。けれどそうしたところで一向に落ち着きは取り戻せなかった。

落ち着けるわけがない。俺がこの三年の間、一番恐れていた事が現実になろうとしているのだから。

これまで何人もの人物から告白されても、俺はその想《おも》いを受け入れることができなかった。

それは、俺の中の情熱はもう遥《はる》か彼方《かなた》に置いてきたからだ。

けれど今、はっきりとわかる。情熱は、未《いま》だなお続いて、一人の人物へと向かっている。

その相手にこの先一生、会うことはないと思っていたのに。

会っては、いけないんだ。

それなのに。

「どうして今更《いまさら》…俺を見つけたりするんだよ…？」

ふと気配を感じて振《ふ》り向くと、窓ガラスに映る自分の顔。

さっきまで夜空に浮《う》かんでいた月は薄《うす》く広がる雲の中に姿を隠し、窓の外に広がるのは果てしない闇《やみ》だった。

ノワール。

漆黒《しっこく》。

それは彼の瞳《ひとみ》の色。

「…薫《かおる》」

唇《くちびる》から、無意識に彼の名前が漏《も》れる。そしてその名前を呟《つぶや》いた途端、俺は遠い思い出へと誘《いざな》われた。

彼に恋した、あの瞬間《しゅんかん》へ。

第一章

38点。

42点。

29点。

15点。

何度プリントを見ても、上下逆さにしてみても、それらの数字が変わることはない。

『……メルド……ッ』

パリにいる母親が聞いたら、目を剥《む》いて怒《おこ》り出しそうなその言葉も、ここ、日本ではただの意味不明な叫《さけ》びにしか聞こえないはずだった。

「修司。それ、フランス語の教師が聞いたら停学もんだぞ」

しかし、フランス語で悪態をついた俺を振り返った、クラスメイトの秋吉雅孝《あきよしまさたか》だけは違った。

彼には幼い頃《ころ》から外国人の家庭教師がついていて、英語を始め、フランス語とスペイン語を自由に操《あやつ》る事ができる。ちなみに今はドイツ語を勉強中だそうだ。

「だって、フランス語と英語、それから数学。それ以外ほとんどが赤点！　これが嘆《なげ》かずにいられるか！」

俺は先程受け取った、中間テストの点数のあまりのひどさに口をへの字に結んだ。しかし雅《まさ》孝は片方の眉《まゆ》を器用に上げるだけ。

「嘆くなら、もうちょっと上品な言葉にしろよ」

「…悪かったな。俺はお上品なお前のようにはいかないんだ」

雅孝は、俺がこの春日本の高校に編入して、初めて出来た友達だった。

貴公子然とした容姿に、成績優秀《ゆうしゅう》な頭脳を併《あわ》せ持ち、その上（俺でさえ知っている）世界有数の大企業《だいきぎょう》・秋吉グループの御曹司《おんぞうし》である雅孝の周りには、いつもたくさんの生徒たちが群がっていた。

しかし雅孝は、決して自分の家のことを鼻にかけたりしないし、取り巻き達を持って、ちやほやされることを好まない。

かといって、下心を持って近づいてくるような輩《やから》にも、あからさまに嫌《いや》な態度を取ったりする奴《やつ》でもなかった。ただ、彼は笑いながらそういった連中をやんわりと避《さ》けて、いつも一人で行動するだけ。

だから、学校のアイドル的存在の彼と、転入生の俺がすぐに友達になったことに、周りは大層不思議がったが、実際、俺自身もどういうわけで雅孝が俺と友達になろうと思ったのか、謎《なぞ》だった。

まあ、友達になるのにいちいち理由なんていらないと思うけど…。

「…しかしまあ、どのテストも滅多《めった》にお目にかかれない点数だらけだな。…特に現国と古典…

ってか修司、お前の字、史上最高に汚《きたな》い。点数低いの、そのせいなんじゃないか？」

雅孝は、しげしげと俺の答案を眺《なが》めて、失礼極《きわ》まりないことを言う。

「うるさい。点数と字の汚さは全然関係ないだろ」

ガックリとうな垂れ、机に突《つ》っ伏《ぷ》しながらも、俺には雅孝に文句を言うだけの気力が残っていた。

「雅孝」

俺の周りは、ホームルームが終わって帰宅する生徒達でざわついていた。そんな中、教室の外から友人を呼ぶ声がして、聞き覚えのあるその声に、俺は少しだけ顔を上げる。

その瞬間、俺の胸はドキン、と高鳴る。

「ああ、薫」

手を上げた雅孝に向かって歩いてくるその人物は、隣《となり》のクラスの九条《くじょう》薫――雅孝の従兄弟《いとこ》である彼は、何か用事があるとこうしてよく雅孝に会いに来る。

中等部に進学するのと同時に、雅孝の家で暮らし始めた彼と雅孝は、従兄弟というよりまるで兄弟のようで、俺の目から見ても、とても信頼《しんらい》し合っている関係に見えた。

「今日、部活のミーティングで遅《おそ》くなるんだ」

「じゃあ、夕食は冷蔵庫に入れとくよ」

「頼《たの》む」

俺は二人の会話を何とはなしに聞きながら、目線だけ動かして横に立つ九条を眺めた。

授業が終わった後に着替《きが》えたのか、彼は制服ではなく、黒に近い濃紺《のうこん》の剣道着《けんどうぎ》姿で、その姿は『若武者』と呼ぶにふさわしく、上背のある彼のストイックなまでの美しさと凛々《りり》しさを引き立たせていた。

いつ見ても恰好《かっこう》いいなあ、と、俺は九条の姿にほとんどうっとりとしてしまう。

雅孝にも当てはまるが、この一族は東洋人のＤＮＡを完全に無視していると思う。彼らは『日本人離《ばな》れした』という形容がぴったりなほど体格が良く、スタイルもいい。

その一方で西洋人の血が入っているはずの俺の体は、もう少し体格がよくなってもいい頃なのに、ちっともその変化が見受けられない。身長は十五歳男子としては標準だけど、いかんせん、細すぎる。

「あ、修司。いつも来ているから知っていると思うけど、紹介《しょうかい》しとく」

「…へっ⁉」

己《おのれ》の成長の遅さにため息をついていると、急に雅孝が話しかけてきた。ハッとなって顔を上げると、丁度俺の方に顔を向けた九条と視線がかち合う。

こんな至近距離《きょり》で九条を見たのは初めてで、俺はただ呆然《ぼうぜん》と彼の、少年から早くも脱《だっ》しようとしている精悍《せいかん》な美貌《びぼう》に目を奪《うば》われた。

何より、強い意志とどこか憂《うれ》いを秘《ひ》めた心情を映す、彼の橡色《つるばみいろ》の瞳に。

「こいつ、俺の従兄弟の九条薫。薫、こっちが藤本修司」

雅孝はにこやかに自身の従兄弟を俺に紹介してくれたが、わざわざ紹介されなくても、学年トップの成績に、一年生ながら剣道部のエースである九条は、校内でも有名な生徒だった。

それに、実は毎日こっそり武道場に通って見ているから知っている、なんて、九条にはもちろん、雅孝にも恥《は》ずかしくて絶対言えない。

稽古《けいこ》中、九条が攻撃《こうげき》を仕掛《しか》ける刹那《せつな》、空を切るような気迫《きはく》を感じるのが好きだ。怯《ひる》んだ相手が闇雲《やみくも》に攻撃してくるのをするりとかわし、鮮《あざ》やかに一本を取るその猛々《たけだけ》しさも、稽古が終わった後、外した面を脇《わき》に置き、伏《ふ》せていた顔を上げた瞬間の静かな眼差《まなざ》しも。鋭《するど》さから、柔《やわ》らかさへ。彼は瞬間的に変化を遂《と》げる、生きた芸術品のようだった。

我ながら、同性を見にわざわざ武道場まで行くなんておかしいと思う。

自分自身に言い訳をするのならたぶん、俺が九条の姿を見る度《たび》に心がざわめくのは、俺がもし生粋《きっすい》の日本人だったら、『こういう風になりたかった』と願う気持ちからだろう。

自分の憧《あこが》れそのものの姿を持つ彼が羨《うらや》ましく、そして眩《まぶ》しく感じるのだと。

「…よ、よろしく」

――秋吉も簡単に人と親しくならないけど、まだ態度が柔らかいからいいよ。九条なんて秋吉以外、親しくしようなんて思ってなさそうだし、こっちが話しかけても、ロクに聞いてくれなさそうだもんな。

俺は緊張《きんちょう》のあまりしどろもどろにあいさつしながら、いつか同級生達が九条について、そう噂《うわさ》をしていたのを思い出す。

その噂どおり、九条は俺に向かって無言のまま軽く頭を下げただけだった。

「九条、ちょっと練習の事で…」

そして剣道部に所属している俺のクラスメイトに話しかけられると、すぐに俺と雅孝にくるりと背を向けた。

なんか、がっかりしたような…ほっとしたような…。

ドキドキと速くなる鼓動《こどう》に困惑《こんわく》しながらも、俺は時折九条の背中をちらちらと見ていた。

「で、修司。追試はいつなんだ？」

「人の傷を抉《えぐ》るようなこと聞くなよ」

そんな俺の様子に気付く様子もなく、雅孝はのんびりと帰る支度《したく》をしながら、俺が忘れようとしていた嫌な事を思い出させる。

それに、俺の成績の悪さが九条に聞こえたら、恥ずかしいじゃないか！

「でもさ、一ヶ月半もしたら今度は期末だぞ？　夏休み明けには実力テストもあるし。その前に予備校でも行って成績上げないと、今のままじゃお前、進級できるかどうか…。ヘタしたら転校しなきゃいけなくなるかも」

しかし俺の気持ちなど知ったこっちゃない雅孝は、瞬時《しゅんじ》に俺が蒼《あお》ざめる事を平気で言う。

「…脅《おど》かすなよ。雅孝、お前本当に友達か？」

「友達だから言っているんだろ？」

いくら外国語と数学の成績が平均以上に良くても、ここは日本。しかも俺が通うこの学校は、国語や古典を始めとした、必修科目をクリアできなければ進級できないことになっていた。

追試という手もあるが、一回で終われば、の話。テストの度に何回も追試を受けていたら、この学校のカリキュラムに適応不能、という烙印《らくいん》を押されてしまう。

「最悪…」

両手でわしゃわしゃと髪《かみ》を掻《か》きむしる。そのせいで、俺の髪型はとんでもない事になっていったが、今はそんなことを気にする余裕《よゆう》はない。

せっかく渋《しぶ》る両親と兄ちゃんを説得し、ばあちゃんに付いて日本に来たっていうのに、落第なんてしたら俺はフランスに連れ戻《もど》されてしまうじゃないか。

「予備校…って、せっかく試験が終わったとこなのにそんなトコ行くの嫌だなあ…。うーん、やっぱインターに行くしかないのかな…」

俺はそうぼやいてみたけれど、本心では、転校するなんて絶対嫌だった。インターになんて行ったら、何のために日本に来たのか分からない。

でも、短時間で苦手科目が克服《こくふく》できるわけもないし…。

「あー！　現国でさえちんぷんかんぷんなのに。古典なんて俺にとっては宇宙語だ！　理解できない！」

　パニックになった俺は何だか悲しくなってきて、うわーん、と、もう一度机に突っ伏した。

「…予備校なんか行くより、俺が教えた方が成績上がると思うけど？」

　空耳？　それとも都合のいい夢を見ているのか？

　頭の上から聞こえてきた声に、そろりと顔を上げると、俺に背を向けていたはずの九条が、いつの間にか雅孝の席に座り、俺の机に頬杖《ほおづえ》を突いていた。

　最初、彼の端整《たんせい》な顔がさっきよりも近い距離にあってギョッとしたが、俺は美しい橡色の瞳《ひとみ》をもっと近くで見たくて、吸い寄せられるように彼に顔を近付ける。

「九条…勉強、教えてくれんの？」

「…ああ。藤本が苦手な科目全部」

　ひそりと声を潜《ひそ》めて聞いた俺に、九条はますます顔を近付けると、秘密を打ち明けるようにそっと囁《ささや》いた。

　どこか白樺《しらかば》の香《かお》りのするその吐息《といき》に、俺はくらりとした。その上動く彼の口元が、妙《みょう》に男の色気を感じさせ、俺は頬《ほお》がじんわりと熱くなるのを感じる。

「九条が個人教授？　マジかよ!?」

　小さな声で話していたつもりでも、教室に残っていたクラスメイト達には聞こえていたのだろう、周りが一斉《いっせい》にどよめく。

雅孝でさえ、自分の従兄弟《いとこ》が言った事が信じられない、といった風に目を見張ったほどだ。

「本気か、薫？」

けれど九条はまわりのざわつきに頓着《とんちゃく》せず、俺の目を見たまま話を進める。

「週に二、三回…昼休みとか土曜日の放課後…ああ、放課後は俺の部活が終わるまで待ってもらわなきゃいけない時もあるけど、それでもいいなら…」

「いい。俺、九条がいいなら毎日でも教えてもらいたい」

俺は九条が言い終わらないうちから、きっぱりとそう言った。

毎日会いたい。会って、その綺麗《きれい》な橡色の瞳を見ていたい。

俺はその時、本来の目的——古典と現国の成績を上げる——から遠く離《はな》れた願望を抱《いだ》いていた。自分でもどうしてそんな気持ちになったのかわからなかったけれど。

「俺は別に構わないよ」

俺の（表向きの）希望を聞いたすぐ後、九条はそう言って唇《くちびる》の端《はし》を少し上げて笑った。

それは決して派手ではない。けれど彼らしい、どこか人を惹《ひ》きつけるその笑《え》みに、俺はどうしようもなく胸が震《ふる》えて仕方がなかった。

「今日は、風が強い」

開け放した窓から入ってきた風が、カーテンを揺《ゆ》らす。図書館で課題を解いていた俺が顔を上げると、部活を終えた薫が立っていた。風の吹《ふ》いてくる方向に、顔を向けて。

風道《かざみち》――風の通った後。

少し湿《しめ》り気のあるその風は、雨が近いことを告げていた。俺達の着ている制服の開襟《かいきん》シャツの半袖《はんそで》が、パタパタとはためく。

「この間までは蟬《せみ》がうるさいくらいに鳴いていたのに…もうすぐ夏も終わるんだな」

「ああ」

蟬時雨《せみしぐれ》――蟬が多く鳴きたてるさま。

俺は薫の呟《つぶや》きにも似た言葉に頷《うなず》きながら、この数ヶ月で覚えた趣《おもむき》のある日本語を、頭の中で反復した。

「遅《おそ》くなってゴメンな。急いでんのに顧問《こもん》につかまった」

「全然。元々毎日教えてもらってる俺の方が悪いんだからさ」

中間テスト後のあの日以来、薫は約束通り日曜を除く毎日、俺の苦手科目の個人教授をしてくれた。

それは五月、長袖のシャツにベストを着ていた俺達の制服が夏服になり、夏休みを越えて、そろそろまた同じ装いになろうかという現在も変わらずに続いている。

『本当に頭のいい人は教えるのが上手だ』と言うけれど、薫は正にその通りだった。

一体どこがわからないのかわからない状態だった俺の日本語の文法読解能力は、彼のおかげで飛躍《ひやく》的に上がり、今では現国を始め、宇宙語だと思っていた古典までも、とりあえずテスト問題に何が書いてあるのか、そしてどう答えればいいのかくらいは解《わか》るようになってきていた。

一学期の期末テストでの俺の飛躍的な点数のアップには、担任をはじめ、学年の教師全員が目を見張ったほどだ。

何より一番驚《おどろ》いているのは、この俺だったりするんだけど。

「雅孝は？」

薫は、机を挟《はさ》んだ俺の前の席に座りながら辺りを見回して、従兄弟の姿を捜す。しかし残念ながら彼の尋《たず》ね人は、彼が来る丁度五分くらい前に図書館を後にしていた。

「雅孝なら、さっきまでそこで本を読んでいたけど、何かいきなり、『時間だ』とか言って、飛び出してった。…どこ行ったんだろう？」

しかも彼が読んでいた本は、どう見ても小さい子が読むような本ばかり。『おりがみのおりかた』なんていう本数冊を小脇《こわき》に抱《かか》えて走り去る雅孝の姿は、どう考えてもおかしい。

おかしい、という日本語には、『おもしろい』という意味と、『変わっている』という意味があるらしい（この間辞書で見た）が、雅孝の行動はその二つとも当てはまるな、と考えたりもして。

「ああ…川原《かわはら》先生のところか」

しかし薫は俺のように、雅孝の行動を不思議に感じないばかりか、どこか納得《なっとく》したように僅《わず》かに目線を上に動かしてそう言った。

「川原先生って…英語の？」

頷く薫を見て、俺は首を傾《かし》げる。

出て行く時の雅孝は、どことなくウキウキとしていた。まるでこれから好きな人に会いに行くかのように。けれど、その様子と川原先生とが結びつかない。

なぜなら川原先生は若いけれど、男性だから。

雅孝が他人、ましてや男相手にウキウキとするなんて、前代未聞《みもん》だ。彼は他校の女子生徒を始め、言い寄ってくる女の子達とデートをしていたりもしたが、いつも楽しそうに見えなかった（女の子達の前では態度は違《ちが》うのだろうが）。

「川原先生と会うのに、何で時間を気にする必要があるんだ？　先生ならいつも職員室にいるだろ？」

「…先生のところ、っていうのは、職員室じゃなくて先生の家だ。時間を気にしていたのは、幼稚園《ようちえん》に先生の息子《むすこ》を迎《むか》えに行くためだろ、きっと」

「息子って…先生、結婚《けっこん》してんの⁉」

俺はめちゃくちゃ驚いた。だって川原先生は確か二十代前半で見た目も線が細く、下手《へた》したら俺達とそう変わらない歳《とし》に見えたから。

そんな先生に幼稚園に通う歳の子供がいるなんて！

「もう離婚《りこん》しているらしいけどな。一昨年、この学校に来た時に自己紹介《しょうかい》で、三歳の子供がいるって言ってた」

「へえ…」

人は見かけによらない、って言葉があるけれど、本当にそんなことがあるんだ。

ぼんやりそんな事を考えていた俺は、トントン、と音のした方へ意識を向けると、薫が俺のノートの端を指先で叩《たた》いていた。

「終わった？」

「あ…うん、大体は。でも、ここがちょっとわかんなくて…」

薫が来たら聞こうと思っていた箇所《かしょ》を除いて、俺は薫が先週作ってくれた練習問題を全《すべ》て終わらせていた。

「どれ？」

薫は勉強する時だけにかける眼鏡《めがね》を取り出すと、俺のノートを自分の方へ引き寄せた。

考え事をする時、彼はいつも左のこめかみの辺りを軽く掻《か》き、そのまま頬杖を突《つ》く。それから右手に持ったペンを器用にくるりと回す。

斜《なな》めに傾げた時に強調される、彼の男らしいすっきりとした顎《あご》のラインと、ノートに目を落とす時にできる、睫《まつげ》毛の影《かげ》。

俺は、何かを考えている時の薫を眺《なが》めるのが好きだ。

五月のあの日まで、個人的にはほとんど口をきいたことがなかった俺達。しかし薫は、同級生が噂《うわさ》していた程《ほど》冷たく、そして怖《こわ》い奴《やつ》でもなかった。

確かに彼は簡単に他人と親しくするような、愛想《あいそ》のいい人間ではない。そのせいで、とっつきにくい印象を与《あた》えてしまうという事実も否《いな》めない。

けれど俺にとっては、無愛想なのも慣れてしまえば全然気にならないし、何より薫と話していると楽しい、というのが素直《すなお》な感想だ。

洞察力《どうさつりょく》に長《た》けている彼は、少し辛辣《しんらつ》なところもあったが、ユーモアのセンスは抜群《ばつぐん》だった。そして自分ばかりが話すのではなく、俺の話もよく聞いてくれ、こちらが質問した事には何でも答えてくれた。

俺は勉強中、かなり個人的な事など（好きな食べ物や誕生日、家族構成など）も尋ねたが、薫は全く嫌《いや》な顔をしないばかりか、俺へも同じような質問を返してくれた。

それらのやりとりは、最初、俺達の間を隔《へだ》てていたある種のぎこちなさを、急速に解いていくきっかけになったと思う。

ただ、話が雅孝の家との関係に及《およ》ぶと、薫は曖昧《あいまい》に言葉を濁《にご》すことが多かった。

雅孝の家に同居している事についても、俺は最初、薫の親が転勤か何かで、従兄弟である雅孝の家に預けられているのだろうと思っていた。

しかし、話を聞けば聞くほど意味が分からないことがある。

それは、
①彼の両親や三つ離《はな》れたお姉さんが住む彼の実家は、この学校から程近いところにある。
②雅孝の家からは、通学に電車で一時間かかる。
③そもそもこの学校に通い始めたのは薫の方が先。
最後の疑問はさておき、①と②はいくら考えても何だか変だ。

雅孝が薫の家に同居をしている、という話なら素直に納得できるけど、実際はその反対。

疑問の数々を聞いてみたいという思いもあったが、口ごもる薫の表情を見た時、俺は直感で悟《さと》った。

それらの事を薫はもちろん、雅孝にもぶつけてはいけないのだと。

この四ヶ月近くの間、俺はほぼ毎日薫と一緒《いっしょ》に過ごし、少し照れくさいけど、彼のことを親友だって、思っている。

趣味《しゅみ》や思考が似ているせいか、彼といると落ち着けた。話をしていても、俺がすべてを説明しなくても、彼は理解し、適切な言葉を返してくれる。

それは小気味良いほどリズムの合ったキャッチボールのようで、俺は薫とそういう間柄《あいだがら》になれたことがとても嬉《うれ》しい。

彼も同じ気持ちでいてくれたら、もっと嬉しい。

けれど薫と親しくなればなるほど、俺は『親友』でいるという事に、やるせない気分が混じることがある。

「なあ、薫」

同級生から『最近、九条と仲がいいんだな』と言われるたびに感じる、何とも言えない、この奇妙《きみょう》な感情は何だろう？

じれったいような、それでいて切ない、訳の分からない甘い気持ちは…。

「何？」

「…お前さ、何で俺に勉強教えよう、って思ったんだ？」

最初、声をかけてもノートに目を落としたままだった薫は、続けて言った俺の言葉に、ゆっくりと顔を上げた。

「何でって…何でそんな事を聞くんだ？」

薫は言われている意味がわからない、といった顔をして、俺を見つめる。

俺は、まるで俺達二人が一瞬《いっしゅん》のうちに、言葉が通じない者同士になってしまったような気がした。

そう感じた瞬間、その事にひどく焦《あせ》る気持ちが、俺の中に生まれる。

「どうしてなのか、ずっと不思議に思っていたんだ。…だって、お前自分の事とか、部活とかすごく忙《いそが》しいだろ？　俺にこうすることでお前にメリットがあると思えないし…あ、メリットって、別に深い意味はないけどさ。そもそも俺達、あの日までお互《たが》い、喋《しゃべ》ったこともなかっただろ…」

焦るあまり、俺はどんどん早口になる。そして、自分でも何を言っているのかわからなくなっていく。

こんな話、なんで始めたりしたんだろう。今すぐ話題を変えた方がいい。

そう、俺の心は叫《さけ》んでいたけれど、一旦《いったん》せき切った言葉は止まらなかった。

「…川原先生の最初の授業」

「うん…？」

今度は俺が、薫の言わんとすることがわからなかった。しかし薫は俺の目を見ながら、しばらく黙《だま》った後、静かに話し出した。

「川原先生の英会話のクラスの最初の授業で、自己紹介を兼《か》ねた短いプレゼンしただろう？二つのグループに分かれて…」

薫の言葉に、俺は転入してきたばかりの、四月のとある日を思い出す。俺は目の前が眩暈《めまい》を起こしたときのようにくるりと回るのを感じた。

まさか。こんな偶然《ぐうぜん》、あってもいいのか？

「ああ…そんなこと…あったような…」

薫が話し出した内容は、ほんの少し俺を恐怖《きょうふ》に陥《おとしい》れる。怖さのあまり、俺は咄嗟《とっさ》に忘れた振《ふ》りをしたくらいだ。

「あったんだよ。…とにかく、その授業で俺はお前のプレゼンを聞いたんだ」

スピーキングクラスの最初の授業で、担当の川原先生は、クラスを取った生徒・十六名を半分の人数に分けた。そしてホワイトボードに［It's My Life］と書いた。

『いきなりプレゼン!?　マジかよ!』

『ミスター・カワハラ、テーマを決めましょうよ～』

スピーキングの授業は原則的に日本語禁止。クラスには俺も含《ふく》めて帰国子女なども交じっていたので、比較的屈託《ひかくてきくったく》なく雑談に近いものでも英語で交《かわ》されていた。

俺はフランスでも英会話のクラスを取っていたから、わりと落ち着いて授業を受けていたのを覚えている。

『テーマねぇ…。じゃ、最初だし、気楽な感じで』

そう話しながら川原先生は、テーマの例をいくつかボードに書いていった。

「で、いくつかあったテーマで修司が選んだのは、『将来の夢』だった…それも覚えてない？」

薫はその時のことを思い出せない振りをした俺に騙《だま》されたようで、少し呆《あき》れた顔だったが、俺の記憶《きおく》力がからきしなのは、この四ヶ月で彼にもわかっているはず。何しろ俺は、昨日の晩《ばん》御飯《ごはん》のメニューさえよく忘れるほどだから。

「あー…」

でも、川原先生の最初の授業の時の事を、俺が忘れるはずはなかった。

「思い出したか？」

「…ああ」

俺は曖昧に唸《うな》っていたが、薫の問いかけに今思い出しました、と言う風に頷《うなず》いた。

俺がプレゼンをした『将来の夢』の内容は、いたって簡単だった。

俺の夢は、大学（どこかはこれから考える）で経営学を学んだら、（たぶんパリで）小さな紅茶専門のカフェを開く、というもの。

幼い頃《ころ》、両親が多忙《たぼう》だった俺の相手をしてくれたのは、もっぱら近くに住む父方の祖父母だった。

彼らは午後になると、その当時住んでいたパリ十六区にある、サロン・ド・テに出かけるのが常で、そこを訪《おとず》れる人達は皆《みな》、他所《よそ》のカフェでは決して飲む事ができない、上質で香《かお》り高い紅茶を飲みながら、優雅《ゆうが》におしゃべりをしていた。

俺はそのサロンに流れる、上品で心地《ここち》よい時間が好きだった。そしていつしか俺は、自分でもそんな時間を提供できるカフェを作りたいと思うようになったんだ。

しかし、俺のスピーチを聞いた後、同じグループの同級生は皆一様にポカンとしていた。

『藤本の夢って…なんか脱《だつ》サラのオヤジみたいだな』

そして、誰かがそう呟《つぶや》くと、そのグループにいたほとんど全員が失笑とも呼べる笑い声を上げたのだ。

確かに、エリート然としたこの学校の生徒達からすれば、俺の夢なんてつまらないものに映るのかもしれない。けれど笑われるのは癪《しゃく》に障《さわ》った。

俺はきゅっと拳《こぶし》を握《にぎ》ると、最初に俺を揶揄《やゆ》した生徒を殴《なぐ》ってやろうと一歩前に出ようとした。

その時。

『お前ら、人の事を笑うからには、大層立派な夢を持っているんだろうな？』

静かで、鋭《するど》い声が、皆の笑いを一瞬にして止めた。

俺はその時初めて九条薫という男を認識《にんしき》した。次にその存在感に圧倒《あっとう》された。そして、気が付いた時には目が離せなくなっていた。

「…俺、修司の夢を聞いた時、ものすごくショックだった。同い年の奴《やつ》があれほどはっきり、将来何をしたいかがわかっているなんて、思いもよらなかったから」

ただ一人俺の事を笑わなかった薫。

だけど彼がそんな事を考えていたなんて、思ってもみなかった。

「俺もそうだったけど、この学校に通っている奴の大半は、いい大学に入って、そのままいい企業《きぎょう》に勤める…ってことが将来だと思っている。でも、将来って、そういうことじゃないんだって、あの時痛烈《つうれつ》に感じたんだ…」

怖《こわ》いくらいに真剣《しんけん》な眼差《まなざ》しで俺を見た薫は、しばらくすると肩《かた》を落とし、小さくため息をついた。

「修司が羨《うらや》ましいよ。…俺には、自分が望む未来なんてないから」

眼鏡《めがね》をはずした薫は、どこか疲《つか》れたように額に手を置くと、そのまま天井《てんじょう》を仰《あお》ぐ。その横顔に浮《う》かぶ表情は、どこか痛みを堪《こら》える子供のようで。

「あの日、修司の話を聞いて…俺は、そのカフェで働きたいと思ったよ。店に来る客と話をしたり、客が来ない時はのんびり新聞でも読んで、お前と色んなことを話すんだ。…きっと、楽しいだろうな」

カウンターに立つ、俺と薫。俺がオーダーを取って、薫が紅茶を淹《い》れると、店の中には紅茶の良い香りが漂《ただよ》い、焼きたてのケーキやマフィンの香りと混じって、店に来るお客さんの顔を綻《ほころ》ばす…。

俺は、薫の呟きを聞きながら、彼の想像の店の中、彼の隣《となり》に立っている自分をありありと思い浮かべることができた。

「でも、そんなこと絶対無理な話なんだけど…」

しかし、諦《あきら》めの混じる薫の言葉に、彼の中の、そして俺の中の夢の店が、急速に色褪《いろあ》せていく。

「なあ、薫。…俺、絶対店作るから、お前は仕事が休みの時に来たらいいんだ。んで、店を手伝ってくれよ」

「俺は自分の休みの日まで働きたくないぞ」

体を起こした薫の目には柔《やわ》らかな笑《え》みが浮かんでいたが、それは同時に、叶《かな》うはずのない夢に対する諦めの笑いにも見えた。

「うーん、じゃあ、店のオーナーになるっていうのは？　俺は店長ってことで。お前はどんどん出世して、店を大きくする。…どうだ？　お前の将来の夢ができたぞ！」

俺は必死に未来についての話を続けようとした。薫のそんな笑い顔を見たくない一心で。

俺にも、店なんて本当に持てるのかどうかなんて分からない。でも、俺は薫に『未来がない』と思ったままで生きていってほしくないんだ。

「夢って、人に作ってもらうもんじゃないと思うんだけど…ほら、分からない箇所《かしょ》、こうすれば解ける」

薫は、無茶苦茶な事を言うなぁ、と笑いながら、手に持ったままだった眼鏡をケースにしまうと、ノートを俺に差し出した。

「…ありがと」

ノートを開くと、赤ペンで書かれた薫の美しい文字が、問題のところどころに記入されていた。その文字に見入っているうち、俺は何だか泣きたい気分になる。

いつか俺達離《はな》れ離《ばな》れになって、会えなくなるのかな？

そう思ったら、みぞおちの辺りが、キュッと締《し》め付けられたように苦しくなった。

やがて下校時間を告げるアナウンスが流れ、それと共に放送部が流すクラシックの曲がスピーカーから聞こえ始めた。

「なんか腹減ったな…。なあ修司、どっかで何か食べていかないか？」

薫は帰る支度《したく》をし始めていた。そこに先程《さきほど》までの暗い影《かげ》は微塵《みじん》も感じられない。

いつも落ち着いていて、大人な薫。でも、本当の彼はどこにでもいる普通《ふつう》の十代の少年で、その内面は繊細《せんさい》で、ナイーブだ。

そして俺は、そんな彼がたまらなく愛《いと》おしい。

「…！」

愛おしい。

自分でも驚《おどろ》くほど強く湧《わ》き上がってきたその感情に、俺は呆然《ぼうぜん》となる。

俺は、薫のことが好きなんだ。

そしてそれは、友達としての『好き』じゃない。

「修司？　どうかした…」

「…っ！」

ふいに伸《の》びてきた薫の指先が、俺の肩に触《ふ》れるのを感じた。しかし俺は、咄嗟《とっさ》にその手を払《はら》いのけてしまう。

「修司…？」

薫の困惑《こんわく》した声が聞こえたけれど、俺はそれどころではなかった。

彼に触《さわ》られた箇所が、火傷《やけど》をしたように熱くて、痛い。そして、その後に甘い痺《しび》れが全身をかけめぐる。

動揺《どうよう》と混乱。同時に襲《おそ》い掛《か》かってきたその波は俺を飲み込み、更《さら》なる深みへと引きずり込む。

「ごめん…おれ…今日、ばあちゃんに早く帰って来いって、言われてたんだった…」

自分の中に、こんな感情が生まれているなんて気付かなかった。

俺は机の上に散らばったノートやペンなどをかき集めると、急いで鞄《かばん》にしまった。そして逃《に》げるように図書館を後にする。

違《ちが》う。もうずっと前から、俺は薫のことが好きだった。ただ、それに気づかない振《ふ》りをしていただけ。

でも、気付いてしまった。この、叶いそうもない恋心《こいごころ》に。

「修司！」

後ろから俺を呼び止める薫の声が聞こえていたけれど、俺は振り返らずにそのまま走り去った。

二学期の中間テストが、十日後に迫《せま》っていた。

「修司、何度も同じ事言わせるな」

「…った！」

丸めたノートで続けざまに二回殴られて、俺はノートを手にした雅孝を見上げる。

俺は昨日、放課後に古典の分からないところを教えてくれ、と雅孝に頼《たの》んだのだが、さっき開始早々に後悔《こうかい》した。

雅孝も薫と同じく教え方は上手《うま》かったが、いかんせん、容赦《ようしゃ》がない。

「いってぇなあ…そんなにポカポカ叩《たた》くなよ！」

俺の横に立っていた雅孝は、俺の恨《うら》めしげな声にも眉《まゆ》一つ動かさず、ただ唇《くちびる》の端《はし》を微妙《びみょう》に歪《ゆが》め、椅子《いす》にドカリと座る。

「まったく…お前の記憶《きおく》力の悪さは国宝級モンだな。なんで先週習った事を覚えていないんだ⁉」

雅孝は信じられない、と叫《さけ》びにも似た声を上げていたが、俺はそんな様子の彼をスルーし、叩かれた頭を擦《こす》りながら窓の外を眺《なが》めた。

教室の外に広がる風景は深まっていく季節に相応《ふさわ》しく、色づいた木々の葉が、ハチミツ色に差す午後の陽の光の中で輝《かがや》いている。

図書館での一件以来、俺は薫から離《はな》れることを決意した。その手始めに、毎日見てもらっていた勉強を少し休ませてほしい、と頼んだのだ。

理由は、ばあちゃんの持病である神経痛の悪化、ということにしたが、そんなことはもちろん嘘《うそ》だ。

当の本人にバレたら、『私は神経痛なんて患《わずら》ってない！』と怒《おこ》られそうだが。（ごめん、ばあちゃん）

その事を話した時、薫はそれが嘘にも拘《かか》わらず、ばあちゃんの容態をすごく心配して、見舞《みま》いを申し出てくれたほどだ。

心配してくれた薫の顔を思い出す度《たび》、俺の胸は罪悪感にチクチクと痛んだ。

彼の姿を見ないでいたら、彼への恋心もそのうち薄《うす》れるにちがいない——そう思い込もうとした俺は、その日から神経質すぎるぐらい、校内で薫と遭遇《そうぐう》するのを避《さ》けまくっていた。

「こーら、よそ見するな！　ほら、あと三分で解く！」

きれいだなあ…とぼんやり外の景色《けしき》を見ながら物思いに耽《ふけ》っていた俺の頭を、パカン！　と派手な音を立てて雅孝が再度殴《なぐ》る。

「ぎゃ…ッ！」

その予期せぬ衝撃《しょうげき》に、俺は椅子から飛び上がるほど驚いた。

「雅孝、お前…絶対家庭教師に向いてないわ…」

こんな調子で勉強を教えられたら、記憶に残るものも残らないだろう。俺は、雅孝の教え方についていける奴《やつ》がいたら、お目にかかりたいものだ、と独りごちた。

「向いていなくて結構だね。それに、俺に教えてもらうのが嫌《いや》なら、とっとと薫のところに行けばいい」

しかしジロリ、と横目で睨《にら》まれ、次に当然の言い分を返された俺は、グッと喉《のど》を詰《つ》まらせる。

昨日俺が勉強を教えてくれ、と頼んだ時、雅孝は特に何も言わずに承諾《しょうだく》してくれたが、やはり俺が薫を避けている事に不可解な思いを抱《いだ》いているのだろう。

「…別に、嫌だなんて思ってない」

ぎこちない空気が俺達の間を流れ、俺はそれを振り払うかのようにそう言うと、最後の問題に意識を向けた。しかし、一度途切《とぎ》れた集中力は簡単に回復するものではない。

元々薫とは違うクラスだし、努めて会おうとしなければ、俺達は校内で顔を合わせることもなかった。

顔を合わせなければすぐに薫への恋心も薄れるだろうと思っていたのに、俺のそんな考えをあざ笑うかのごとく、実際会えないとなると、俺の中で薫に対する想《おも》いはますます募《つの》るばかりで。

「けど、会うわけにはいかないんだよ…」

消えそうな声でそんなことを呟《つぶや》いている俺は、自分でもバカみたいだと思う。

でも、叶《かな》うはずのない想いを抱《かか》えて、好きな奴の傍《そば》にいるのは辛《つら》い。

「…修司、難しく考えない方が楽だと思うけど」

「…何？」

目線を上げて雅孝を見ると、彼は寒くなったのか、制定であるグレーのベストをもぞもぞと着込んでいた。

「…何をそんなに意地はってんのか知らないけどさ。薫はお前が考えているより、ずっと単純な奴だぞ」

今解いている問題に対するアドバイスかと思いきや、スポッ、とベストから首を出した雅孝はそう言って、俺を見る。意味深な言葉を添《そ》えて。

指先にグッと力がこもり、その過剰《かじよう》な圧力に、シャープペンシルの芯《しん》がポキリと折れた。

「雅孝、まわりくどい言い方しないではっきり言えよ。訳わかんねぇ」

俺はカチカチとペンの上部を押して新しい芯を出そうとしたが、切れているのか出てこない。

「自分の気持ちに素直《すなお》になれよ。…簡単な事さ。今解いている問題に比べたら、ずっと」

「だから、何なんだよ、一体!?」

芯が出てこない事と、雅孝の、のらりくらりと話の核《かく》をかわす態度にイライラして、俺はそのままペンをノートの上に叩きつけた。

ペンはノートの上で一回バウンドし、床《ゆか》に落下する。

俺は落ちたペンを拾おうと、舌打ちしながら席を立った。しかしペンの行方《ゆくえ》を追って顔を横に向けた瞬間《しゆんかん》、ギクリと身を竦《すく》ませる。

「薫…」

いつの間に教室に入って来たのか、薫は数メートル先で、転がっていった俺のペンを拾っていた。部活を抜《ぬ》けて来たのか、彼の濃紺《のうこん》の剣道着《けんどうぎ》姿を見るのも久しぶりだった。

「ちょっと一緒《いっしょ》に来てくれないか」

拾ったペンを机の上に置いた薫は雅孝に声もかけず、そのまま俺の腕《うで》を掴《つか》んで、教室を出ていこうとする。

そして有無《うむ》を言わさぬ強い力で俺の腕を引いたまま、廊下《ろうか》を足早に歩いていった。

「どこ…行くんだよ…？」

俺は手を引かれる力強さに何度かよろけそうになりながら、十センチ程《ほど》高いところにある薫の横顔へ声をかけた。しかし、硬《かた》く引き結ばれた薫の口から、俺の問いかけに対する答えは返ってこなかった。

最終的に俺達が辿《たど》り着いた場所は、校舎から少し離れた雑木林だった。

色を変えたクヌギや樫《かし》の木の葉が地面を覆《おお》いつくし、その茶色と黄色の枯《か》れ葉が作る絨毯《じゅうたん》が辺り一面広がっていた。

「何で最近、俺を避けるんだ？」

「…別に…避けてなんて、ない…」

薫のダイレクトな問いかけに、見え透《す》いた嘘だと思いながらも、俺は視線を下に落とし、ボソボソと言葉を零《こぼ》した。当然、俺のその言葉に薫は納得《なっとく》するはずもなく、彼は次の問いを投げかける。

「何か気に障《さわ》るような事をしたか、言ったりしたんなら謝る。だから訳を聞かせてくれないか？」

どこまでも真摯《しんし》で、潔《いさぎよ》い薫。それに比べて俺は、なんて卑怯《ひきょう》なんだろう。

「薫は…何も…悪い事なんて、してない…」

悪いのは俺。本当のことを言う勇気なんて、俺にはないから。

俺は自己嫌悪《けんお》でますます薫の顔を見ることができない。でも、あのまま薫の傍にはいられないと思うのも、俺の本当の気持ち。

彼にとって俺はただ仲のいい『友達』で、俺が思っているような、それ以上の感情なんてあるはずがないのだから。

「でも、理由があるはずだろ。お祖母《ばあ》さんの具合が悪いなんて嘘をついてまで、俺を遠ざける理由が」

今までの静かな声が一転して、薫は少しイラついたように言葉を吐《は》き出し、俺は罪を暴《あば》かれた犯人のように、息を呑《の》む。

「昨日、お前の家に行ったんだ。雅孝から、修司の勉強をみることになった、って聞かされたから…。それでお前の家に着いた時、庭にお前のお祖母さんらしき人がいたから、思い切って話しかけてみたんだ」

ばあちゃんの具合が悪いから――そんなお粗末《そまつ》なトリックは、すぐにばれると思った。けれど、薫が俺の家を訪ねてまで、俺が彼を避ける理由を知りたがるとは思わなかった。

「…どうして、雅孝に勉強を見てもらうように頼《たの》んだんだ？…お前はやっぱり、あいつを選ぶのか？」

黙《だま》っている俺に痺《しび》れを切らしたのか、突然《とつぜん》、ギリッ、と奥歯を噛《か》み締《し》める音が聞こえ、薫は怒りを秘《ひ》めた声でそう言うと、俺を樫の木の幹に押し付けた。

「い…っ…！」

勢いよく押し付けられた衝撃に、俺は軽い眩暈《めまい》を起こしそうになる。両肩《りょうかた》を押さえつけられ、少しの抵抗《ていこう》も許されない。

「か…おる…？」

あいつを選ぶって？　どういう意味なのか、わからない。

視界に、俺がこの世で一番美しいと思う薫の瞳《ひとみ》が、今まで見たことがないほどの激しい感情を映していた。

「…答えろよ、修司。お前は雅孝を選ぶのか⁉」

「雅孝を選ぶって…どうしてそんなこと…！」

がくがくと揺《ゆ》すぶられ、俺は混乱する事しきりだった。しかし肩を揺らす手がいきなり止まったかと思った次の瞬間、俺は薫の胸の中に閉じ込められていた。

「…！」

突然の事に、俺は天と地がひっくり返ったような錯覚《さっかく》に陥《おちい》ったが、胴着《どうぎ》の布越《ぬのご》しに聞こえる薫の胸の鼓動《こどう》が、彼に抱《だ》きしめられている、という意識を鮮明《せんめい》にさせた。

「…くる、し…」

あまりにきつく抱きしめられ、俺は息苦しさに薫の胸の中でもがいた。しかし俺が動けば動く程、彼はますます抱きしめる力を強くする。

「…俺は、今までも…これからだって、欲しいと思うものは全部、雅孝に…誰にでもくれてやってもいい」

そして、吐息《といき》が耳を掠《かす》めたかと思うと、どこか苦しそうな薫の呟きが耳に入り込む。

「でも、お前だけはだめだ。お前は誰にも渡《わた》さない…！」

「かおる…ぅ…ん…」

驚《おどろ》いて顔を上げた刹那《せつな》、薫《かおる》の手が俺の頬《ほお》を包み、唇《くちびる》を塞《ふさ》がれた。

薫にキスをされている――そう思ったらすぐに唇がつっ、と頬へと滑《すべ》り、そのまま頬をかすめた後、横へスライドした彼の唇が俺のこめかみへ、そっと触《ふ》れる。

ゆっくりと押し当てられる、柔《やわ》らかな感触《かんしょく》。

「好きだ」

耳元に落とされる、薫の低い声。少し掠れたその声が、俺の鼓膜《こまく》を震《ふる》わす。

「修司…俺は、初めてお前を見た時から…ずっと好きだった…」

「うそ、だ…」

俺はふるり、と首を振《ふ》る。突然の薫の告白は、夢を見ているようだった。降ってわいたような幸運に、俺は天にも昇《のぼ》る程嬉《うれ》しくて。でもその分、ひどく儚《はかな》いもののように思えて怖《こわ》くなる。

「嘘《うそ》じゃない」

薫はため息のような囁《ささや》きと共に、俺の疑念を打ち砕《くだ》くような優《やさ》しいキスをもう一度くれた。

「ん……ぁ…」

キスをされた箇所《かしょ》から甘い痺《しび》れが全身を伝い、俺の下半身は徐々《じょじょ》に力をなくしていく。やがて俺は薫に抱き締められながら、そのまま背中からずるずると幹を滑り、根元へと崩《くず》れていった。

「修司、お前は…？」

唇が離《はな》れて、薫が俺の瞳を覗《のぞ》き込む。俺の目には、期待と不安の入り混じった複雑な感情を宿した彼の瞳が映っていた。

「俺も好き。薫…好き…」

早く気持ちを伝えなければ薫を失ってしまう気がして、俺は薫の襟元《えりもと》へしがみつくと、彼への想《おも》いを早口に告げた。

「好き、だ…」

俺達は好きだと囁き合い、それから何度も何度も唇を重ねた。

「大好き…」

抱きしめてくれる薫の肩越しに見えた秋の空は高く、はらはらと舞《ま》い散るカフェオレ色の落ち葉が、俺達を包み込んでいた。

何も、いらなかった。

ただ、彼がいれば。

第三章

薫からのメールが届いてからというもの、俺は寝不足《ねぶそく》に悩《なや》まされていた。

この二日間、気を抜《ぬ》くとすぐにでもくっつきそうになる瞼《まぶた》と必死に闘《たたか》いながら、もう何回店で欠伸《あくび》をかみ殺したことだろう。

「修司さん。顔色が悪いですけど、大丈夫《だいじようぶ》ですか？」

欠伸をまた一つかみ殺した俺に向かって、心配そうに尋《たず》ねるのは、日曜日だというのにアルバイトとして店に来てくれている、川原征也《ゆきや》君。

征也君はあの川原先生の息子《むすこ》さんで、雅孝の同居人でもある。

俺達が高校生の頃《ころ》は幼稚《ようち》園《えん》に通っていた彼も、今や高校三年生。先生と同じく聡明《そうめい》で心根の美しい少年に成長していた。

今から三年前に川原先生が不慮《ふりよ》の事故で亡《な》くなった後、色々な経緯があって雅孝と暮らすことになった征也君と俺が会ったのは、彼と雅孝が一緒《いつしよ》に暮らし始めた年の夏だった。

俺の方は丁度店を開いた頃で、ある日雅孝は何の前触《まえぶ》れもなく店に姿を現した。開店祝いと、征也君を伴《ともな》って。

傍《はた》から見ていても、二人が惹《ひ》かれあっているのはわかった。征也君の雅孝を見つめる目は、まるで生まれたての雛鳥《ひなどり》のように疑うことを知らない純真さに溢《あふ》れていたし、雅孝は雅孝で、征也君を目の中に入れても痛くないと思っているが如《ごと》く、愛《いと》しさを込めた視線を彼に注いでいたから。

俺も征也君の純粋《じゅんすい》で真っ直《す》ぐな所が気に入ったクチだが、その後すぐに彼をバイトにスカウトしたのには、訳があった。

『お前と一緒だと、この子が甘やかされ放題になる！』

俺が征也君をバイトとして雇《やと》ったことに対して、猛反対《もうはんたい》する雅孝に俺がそう言ったのは、半分本心で、半分は建て前だった。

現在、本来の姓《せい》である『秋吉』ではなく、母方の旧姓《きゅうせい》である『九条』と名乗って生活している雅孝は、偽名《ぎめい》を使っていることや、それにまつわる問題を、征也君に話していない。

そのことに対して、俺がとやかく言う筋合いはないが、彼が抱《かか》えている問題はあまりに複雑すぎて、俺としては、真実を知った征也君が戸惑《とまど》い、場合によっては傷つくであろうことが気がかりだった。

雅孝は確かに征也君のことをこれ以上ないほど大切にしている。時にそれは過剰《かじょう》になりすぎて、その度《たび》に征也君が戸惑っているのがわかるくらい。

征也君のそんな姿を見るにつけ、俺は、自分だけの世界に彼を閉じ込めるような雅孝の接し方に疑問を持った。

だからこそ征也君に、アルバイトという、息抜《いきぬ》きの場を与《あた》えてあげたかったのだ。

それに俺は薄々《うすうす》感じていた。雅孝と征也君を始め俺達の、今の表面上だけの穏《おだ》やかな生活はそう長くは続かず、いつかすべてをはっきりさせなくてはいけない時が、必ずやって来るだろうと。

そしてそれは三日前、突然《とつぜん》やってきた。

予測していたとはいえ、薫からの、言わば忘れ去りたい過去からのメールを受け取った俺はいざとなると動揺《どうよう》してしまい、彼がいつ俺の前に現れるかと思うと気が気じゃなかった。朝から晩まで、店にいてもどこにいてもソワソワと落ち着かなく、終《しま》いには寝不足になって征也君に心配される始末。

『あいつが何のために日本に来たのか…とにかく、もし薫がお前の所に来たら、俺のことは放っておいてくれと伝えてくれ』

昨日店で、とある知人に頼《たの》まれたパーティを開催《かいさい》した。手伝いに来てくれた雅孝に俺は、その時の話の流れから、つい薫からのメールの事を彼に話してしまった。

俺には、薫が突然連絡《とつぜんれんらく》を取ってきた理由がさっぱりわからなかったが、話を聞いた雅孝は薫の来日の理由に察しがついている様な感じだった。しかしその内容を俺には語ってはくれず、ただ、強い拒絶《きょぜつ》感を全身から発していた。

まるで、俺達三人——俺と雅孝、そして薫——が共に過ごした過去を、すべてなかったことにしたいと願うように。

「雅孝はああ言ったけど…ぜーんぜん、何もないんだよな…」

俺は閉店時間を過ぎた店の中でそう呟《つぶや》き、カウンターのスツールに座って頬杖《ほおづえ》をつく。

どうして今更《いまさら》薫は、俺に連絡なんてしてきたんだろう？　この三年近くの間、何の音沙汰《おとさた》もなかったのに。

興信所か何かに調べさせたのだろうか？　メールアドレスやその他《ほか》、個人情報を…俺と雅孝がどこにいるかを？

薫に会って、聞いてみたいことは山ほどある。それは相手も同じだろう。

だけど正直、俺は彼に会うのが怖い。

——嘘だろう、修司！

薫と会った最後の日、彼は絶望的な眼差《まなざ》しで俺を見つめていた。その時の事を思い出す度、俺は切なくて胸が苦しくなる。

バカみたいだけど、俺はよく夢に見ることがあった。

ある日薫が店にやってきて、彼は何事もなかったように自然に俺に笑いかけ、コーヒーとアマンド・タルトを注文するんだ。

俺の店は紅茶専門店だからコーヒーはメニューに載《の》っていないが、個人で飲む分は置いている。そしていつ薫が来てもいいように、俺はアマンド・タルトだけは毎日焼いていた。

「今時古臭《ふるくさ》いっつーの…」

来るはずのない想い人の好物を作って待っているだなんて、少女趣味《しゅみ》も甚《はなは》だしい。俺は自分の事なのに軽く鼻で笑うと、手にしたカップの中の紅茶を飲み干した。

その時。

カラン、と開店中はいつもドアにつけている鐘《かね》がなった。もう閉店時間も過ぎているのだが、店に明かりがついているのを営業中だと勘違《かんちが》いしたお客が入ってくることもたまにあった。だから俺は、今回もそうなんだろうと軽い気持ちで振《ふ》り返った。

「すみません、もう――」

閉店なんですけど。そう続けようとした俺は、息を呑《の》む。一瞬《いっしゅん》にして体中の血が凍《こお》りついたようになり、俺は転げ落ちるようにしてスツールから降りた。

いつの間にか外では雨が降っていたらしく、店に入ってきた男が着ていた、シャープで美しいシルエットのトレンチコートからは、雨の匂《にお》いがした。

無言のまま、静かに歩み寄ってきた彼は、スツールから立ち上がった俺の目の前で止まる。

「…久しぶりだな」

低い、けれど染《し》み入るような深い声色《こわいろ》も、彼から漂《ただよ》う、ふわりと鼻をくすぐるトワレの香《かお》りも、彼と最後に会ったときから何も変わっていない。

「修司」

呼ばれて顔を上げれば、そこには俺を見つめる黒曜石の双眸《そうぼう》。何かに挑《いど》むような、そのくせ、どこか崩《くず》れそうな危《あや》うい影《かげ》が、そこにあった。

一度見たら忘れられない――必ずそんな印象を他人に与える男だった。俺が恋《こい》した、九条薫という男は。

「何しに…来たんだよ？」

俺はつい、と顔を背《そむ》けると、とりあえず店の戸締《とじ》まりをした。どうせ今すぐ帰れといっても、薫は素直《すなお》に出て行くような男ではない。それにこんな場面をまた勘違いしたお客に見られるのは御免《ごめん》だった。

薫には手早く話を終えてから出て行ってもらえばいい。そう判断したのだ。

しかし彼は俺の言葉に答えず、ぶらぶらと観察するように首を動かしながらゆったりと店の中を歩き回る。

「おい、薫！」

俺は入り口から向かって左奥にあるサロン――ワイン教室用に設けた空間で、一九二〇年代イギリス製の、長さ二メートル近くあるダイニングテーブルが置いてある――へ薫の姿を追いかけた。

「人の話を聞いて…」

彼はテーブル奥にあるキャビネットに並ぶワイングラスを眺《なが》めていたが、突然《とつぜん》振り返り、射るような瞳《ひとみ》で見つめてくるから、俺の問いかけは途中《とちゅう》で止まる。

「修司、雅孝はどこだ？」

静かに、けれど切り込むような鋭利《えいり》な視線と共に聞かれると、俺は一瞬のうちに蛇《へび》に睨《にら》まれた蛙《かえる》のように微動《びどう》だにできなくなり、緊張《きんちょう》のあまりゴクリと唾《つば》を飲み込む。

「…今、は、いない…」

もっと良い言い訳をこの数日で考えていたのに。いざとなると何の言葉も出てこない自分に舌打ちしたくなる。

雅孝との関係を確かめに薫はここに来たのか？　それだけのためにわざわざ？　かすかに疑問は残るが何にせよ、そうだとしたらそれらしく振《ふ》る舞《ま》わなければいけないのに。

「いない？…捨てたのか？　俺と同じように？」

「…っ！」

俺は瞬時《しゅんじ》に怒《いか》りを覚え、ギュッと拳《こぶし》を作ると、憎《にく》むくらいに薫を睨み付けた。しかし薫はそんな俺の形相にも動じず、薄《うす》く冷笑《れいしょう》するだけ。

「…それとも、捨てられたのか？　川原先生の忘れ形見を囲うとは…雅孝も随分《ずいぶん》センチメンタルな男になったな」

そしてお前の手の内はすべてわかっている、とばかりに俺の嘘《うそ》を暴《あば》いた。

冷静に考えてみれば、彼は俺のメールアドレスまで調べ上げた男だ。最初から俺が嘘をついているとわかっていたのだろう。

あまつさえ、雅孝と征也君の事まで知っていながら、わざとカマを掛《か》けたようなその態度に俺の怒りは一気に沸点《ふってん》まで達した。

そのまま薫の頬《ほお》を殴《なぐ》りつけた拳から、ガッッと鈍《にぶ》い音がして、俺は瞬時に顔を顰《しか》める。

「…った…」

殴った俺の方が痛みを覚えるなんて、何て間抜《まぬ》けなんだろう。殴られた方の薫は涼《すず》しい顔をしているのに。

俺は拳をもう片方の手で包み込むと、ジィン…と、痺《しび》れるような痛みを堪《こら》えた。

「…バカだな」

静かな声が俺の頭上から降りてきて、俺の痛む拳は薫の大きな手に包まれた。そこにそっと彼の唇《くちびる》が痛みを宥《なだ》めるように落とされると、その優しい感触《かんしょく》に俺はため息のような声を漏《も》らしてしまう。

「…っ…ぁ…」

己《おのれ》の吐いたため息の中に混じる、官能を覚えた事への後ろめたさ。しかし温かい薫のキスは、俺の後ろめたい気持ちを捻《ね》じ伏《ふ》せた。

「修司、どうして俺にあんなつまらない嘘をついた?」

しかし、マシュマロのようにやわらかで甘い時間は、薫の放った問いかけの言葉と共に消し飛ぶ。俺は咄嗟《とっさ》に手を引っ込めようとしたが、強い力がそれを制した。

「何を隠《かく》しているんだ？」

グッ、と手を引かれ、至近距離《きより》まで顔が近づく。

「隠している事なんて、何もない」

「修司！」

「俺は雅孝と短い間一緒《いっしょ》にいて、そしてその後お互《たが》い別々のパートナーを見つけた…それだけの話だ」

諫《いさ》めるように名前を呼ばれ、俺は早口に、薫が現れたら言おうと決めていた嘘を口にした。

落ち着け！　と自分に言い聞かせながら。

「嘘だ」

しかし言い終わった途端《とたん》、薫の眉間《みけん》に深い皺《しわ》がより、目つきが急に鋭《するど》くなる——そう思った瞬間《しゅんかん》、いきなり俺の体はダイニングテーブルの上に押し倒《たお》され、両手を上の方でひとまとめにされていた。

万歳《ばんざい》をするかのように、腕《うで》を上げた状態でテーブルに固定された恰好《かっこう》はさながら、標本の中の蝶《ちょう》のようで。

「嘘じゃない」

俺は起き上がろうともがいたが、それは標本の箱というより、蜘蛛《くも》の巣に変化していた。抜《ぬ》け出そうともがけばもがくほど糸が絡《から》まるように、薫の拘束《こうそく》する力は強くなる。

「じゃあ、雅孝と寝《ね》たのか？」

「…そうだとしても…お前には関係ないだろ…！」

雅孝と俺が肉体関係を持っていたなんて、雅孝本人が聞いたら、卒倒《そっとう》してしまうだろう。

俺達は昔から純粋《じゅんすい》な友人同士で、お互いそれ以上の感情もそれ以下の感情も持ち合わせたことなどないが、薫はなぜかその嘘だけは信じたようだった。

「関係ない…？」

奥歯をかみ締《し》めるギリッという音が聞こえ、テーブル下に伸《の》びた俺の足の間に体を滑《すべ》りこませた薫は、何度も彼と繋《つな》がった事がある部分を指でなぞり、グッ、と太腿《ふともも》で俺の中心を刺激《しげき》する。

「そうはいかない…俺はまだお前と別れた事を認めてないからな。…つまり、お前はまだ俺のモノだということだ。恋人《こいびと》の不正を確かめる権利が俺にはある」

「な…」

『権利』だなんて言葉を持ち出した薫に俺は唖然《あぜん》としてしまう。それは一瞬、俺のもがく動きを止めさせるほどだった。

「ちょっ…！　何する気だ!?」

その隙《すき》に薫は、摑《つか》んでいた両手首を片手でまとめると、もう片方の手で器用にコートの下から覗《のぞ》く、ボルドーカラーのストライプ柄《がら》のネクタイを外す。

「あっ……！」

ネクタイを解《ほど》く、シュッとした音に俺は驚《おどろ》いて抵抗《ていこう》しようとしたが時すでに遅《おそ》く、薫は解いたネクタイで俺の両手首を縛《しば》り、シャツのボタンを一つ、二つと外していく。

「何するって…再会した恋人同士がする事と言ったら、一つしかないだろう？」

露《あらわ》になった首筋に唇を落とされ、俺の背筋にゾクリとした感覚が駆《か》け巡《めぐ》った。

「縛るなんてこんなこと、恋人がするわけないだろ！　いますぐ外せ！」

覚えのある感覚に酔《よ》いしれそうになる気持ちを抑《おさ》え、俺は自由にならない手で必死に薫を押し返したが、薫の広い胸はまるで頑丈《がんじょう》な檻《おり》のようにビクともしない。

「ふぅん…そういう発言がでるなんて、まだ俺を恋人として認めてくれているってことか？」

俺の首筋を唇でなぞる様にキスをしていた男は顔を上げ、ニヤリと笑う。

「誰が認めるか！　俺にはもう…雅孝じゃない、新しい恋人がいるんだ。だからお前と寝るわけにはいかない」

俺はキスのせいでざわざわと波打つ神経に侵《おか》されて、咄嗟に『恋人がいる』なんてことを口にしてしまう。

「いっ…たっ…！」

途端に薫の目元が険しくなり、俺の鎖骨《さこつ》の辺りに顔を埋《うず》めたかと思うと、その部分を思い切り噛《か》んだ。

後に紅くなるだろうそれは、薫から付けられた所有印のようで。

「恋人がいるから、捨てた男とヤルのは嫌《いや》だってわけか。…俺がいながら雅孝と駆け落ちするような真似《まね》をしたんだ…お前に貞操観《ていそう》なんてないはずだろ？」

二つだけボタンを外されたままの状態だった俺のシャツは、薫の手で左右に大きく開かれる。その行為《こうい》に、シャツに留まっていた貝ボタンの何個かが宙を舞《ま》った。

「やめっ…ろ、薫《かおる》！」

逃《に》げられないという怖《こわ》さもあったが、何より薫がこんな風に俺を苛《さいな》み、強引《ごういん》に体を重ねてくる事が信じられなかった。付き合っていた長い間、いつだって彼は俺の気持ちを最優先にしてくれていたから。

「いやだ…」

情けないほどに震《ふる》える声を上げた俺の唇を、薫の唇が塞《ふさ》いだ。そのあまりに猛々《たけだけ》しい、すべてを奪《うば》うような口付けは俺の思考を瞬時にスパークさせる。

「ふっ…ん！…ぅ…んぅ…」

薫の柔《やわ》らかな唇が、俺の下唇を吸って、吸って、甘く噛む。そのまま上唇を舌の先で舐《な》められて、俺は小さく口を開けた。その途端するりと入り込んできた彼の舌は、俺の臆病《おくびょう》な舌先を搦《から》め捕り、口腔《こうくう》内を宥《なだ》めるように甘くかき混ぜていく。

こんな風に舌を弄《いじ》り合うようなキスは久しぶりで、それも、相手が薫だと思ったら、俺は自分がどうにかなってしまいそうなほど興奮した。

「修司…しゅう…じ…」

「…ん…うぅ…ん」

俺の名前を呼びながら繰《く》り返し注がれるキスは、俺の唇から首筋、鎖骨へと移動してゆく。その熱情溢《あふ》れる口付けは、俺の体に麻酔《ますい》のように沁《し》み込み、それは徐々《じょじょ》に抵抗する力を奪っていった。

「ん…ぅ…や、だ…薫…！」

それでも俺の口から漏れる言葉は相手への拒絶《きょぜつ》しかなかったが、不意に窓の外からドン、という音が鳴《な》り響き、その瞬間、店内の明かりが一斉《いっせい》にブラックアウトした。

「…雷《かみなり》が落ちたようだな」

急に真っ暗になった室内に、さすがの薫もキスを止《や》めて状況《じょうきょう》を確認《かくにん》するように顔を起こしたが、俺を拘束する手を緩《ゆる》めはしなかった。

『闇《やみ》には深さがある。心が呑《の》み込まれ、恐《おそ》れや、愛するものが見え始める』——誰が言ったんだっけ？　ふいにそんな疑問が脳裏《のうり》を掠《かす》める。

確かに、姿が見えず、気配だけが漂《ただよ》う闇の中というものは、真実が浮《う》かび上がってくるものなのかもしれない。

好むもの、好まざるものすべて、関係なく。

「んっ……ぁ…」

闇の中、キスを再開した薫が落とす、唇の感触が妙《みょう》に生々しくて、俺は駆け巡る官能の渦《うず》に飲み込まれないよう、唇を噛んで声を抑えた。しかし俺の声を引き出そうと、生き物のような薫の舌が俺の胸の粒を卑猥《ひわい》に舐め上げるから、俺の抑制《よくせい》力はあっけなく崩《くず》れ去る。

「あ…うぅ…ん…あぁっ…」

薫は、尖《とが》らせた舌先で俺の乳輪をじっくりとなぞると、その部分へ押し込めるように乳首《ちくび》を上から舌で潰《つぶ》す。そしてすぐに唇で摘《つ》まんで引っ張り、口に含《ふく》んだまま蛇口《じゃぐち》を捻《ひね》るように左右にツイストする動きを繰り返した。

「ふっ…んっ…うぅ…」

やがて俺の体に染《し》み付いた性感のレーダーは、馴れ親しんだ薫の施《ほどこ》す愛撫《あいぶ》をキャッチし、そしてそれはすぐに下半身へとリンクしていく。

それは苦しいほどの性的高揚《こうよう》。俺は首を振《ふ》りながら必死で放出欲をやり過ごそうとした。

「んんっ…！　あっ！」

「…どうした？　そんな苦しそうな顔をして…？」

わざと驚いたように目を見開いた薫は、俺のトラウザーズの前立ての部分をソロリと撫《な》で上げる。すでに限界寸前にまで張り詰《つ》めていた俺の中心は、そんなソフトな手付きでも感じてしまい、あっけなく欲望の蜜《みつ》を吐《は》き出してしまう。

「随分《ずいぶん》早いな…お前の最近の男は、このところ可愛《かわい》がってくれてないのか？」

放出の快感の後には、じっとりと濡《ぬ》れた下着が肌《はだ》に張り付く嫌な感触《かんしょく》。けれど、それより嫌《けん》悪《お》感を催《もよお》すのは、低く笑いながら俺を辱《はずかし》める言葉を吐く、薫の声。

「こんなにたっぷり出して…しかもすごく濃《こ》い…」

チチ、と、ファスナーをゆっくりと下ろし、下着の中から蜜に濡れたペニスを引きずり出した薫は、顔を背《そむ》けた俺の耳元に唇を寄せ、いやらしい言葉を聞かせる。

聞きたくない。けれど薫の低く、艶《つや》のある声に俺はますます反応してしまって。

「ほら、見てみろよ？　蜜が絡《から》んでよく滑る…」

いくら嘘《うそ》だと心に言い聞かせようとしても、彼の手がペニスを擦《こす》る際に立てる、にちゃ、にちゅっ、という卑猥な音が俺の耳に入ってきて、それを真実だと裏付けていた。

もしかすると、これは罰《ばつ》なのかもしれない。

「も…許してくれ、よ…」

何も見えない闇の中、俺のペニスを扱《しご》く音が大きく響《ひび》くのを聞かされ続けるなんて、まるで拷問《ごうもん》のようだった。

それを証拠《しょうこ》に、薫の手の動きはさっきから一定のリズムで動いているだけで、甘い快楽を与《あた》えようとするものではなく、ただ欲望を吐き出させるための機械のようにしか感じられなかった。

「あっ…」

薫は俺の懇願《こんがん》にも耳を貸さない様子で、その後もゆったりとペニスを扱いていたが、やがて急にペニスを摑んでいた手を外し、トラウザーズと下着を一気に取り払《はら》った。下半身が外気に晒《さら》されたせいで、その冷たい空気に体が震えた。

「ひっ…！」

そしてふいに後ろを襲《おそ》う違和感《いわかん》。全身に鳥肌《とりはだ》が立ち、後ろをさぐる衝撃《しょうげき》に俺はビクリと体を跳《は》ね上げる。

「いっ…ぅ…」

一本の指が、何の前触《まえぶ》れもなく俺の後ろに突《つ》き立てられた。湿《しめ》り気など帯びていない乾《かわ》いた指先で、薫は俺の硬《かた》く窄《すぼ》まった後孔《こうこう》を無理矢理こじ開けようとしたが、それはぴたりと閉じられた頑丈な門扉《もんぴ》のように、強引な侵入《しんにゅう》を硬く拒《こば》む。

「キツイ、な…」

暗闇《くらやみ》の中で薫が小さく笑うのがわかった。俺は羞恥心《しゅうちしん》に体がカァッと熱くなるのを止められない。

彼には瞬時《しゅんじ》にしてわかったはずだ。

俺がこの数年の間、誰にも体を開かなかった事を——実際のところ、俺は薫としかセックスをした事がないし、彼以外の誰とも寝《ね》たいと思ったことはなかった。

そのことを言い当てられたような気がして、俺は身を硬くしていると、ふいに後孔を弄る指が離《はな》れていき、上から圧《お》し掛《か》かる圧迫感《あっぱく》がなくなる。

俺は一瞬《いっしゅん》何が起こったのかわからなかったが、すぐに後ろにまた同じような感触が戻《もど》ってきて、ビクリと肩《かた》を揺《ゆ》らした。

「んっ…何っ……っ…!?」

今度は、何かトロリとしたものを纏《まと》った指が、秘部のあたりを撫でた後、ゆっくりと挿入《そうにゅう》された。

「…ただのハンドクリームだ」

日本より乾燥《かんそう》した欧米《おうべい》では、保湿《ほしつ》のためにクリームを携帯《けいたい》するのが常だった。薫がいつも使っているドイツ製のそれは、ほんのりとカモミールの香《かお》りがしていたのを覚えている。

「ひぃ…んっ……!」

つぷり、とクリームの力を借りて、後孔は指一本だけ侵入を許す。内側の襞《ひだ》を確かめるようなその動きに、俺は腰《こし》をよじって逃げを打つが、腰骨《こしぼね》をグッと押さえつけられ、奥の、一番感じるところを撫で上げられる。

しかしすぐにその指はそのポイントを突くことをやめ、また入り口近くの内壁《ないへき》を擦る動きに戻ってしまう。

気持ちがいいところを全部知っているくせに、じれったくなるほどそこには触《ふ》れてくれない。

その上逃げようとすると、お仕置きのようにさっきのポイントに軽く触れ、俺に知らしめるのだ。

逃げるのなら、いつまでたってもご褒美《ほうび》はあげないよ、と。

「あ…あっ…あ…ぁ…」

さっきまでの俺を辱める声もなくなり、室内に響くのは俺の喘《あえ》ぎ声と二本に増やされた指が立てる、ぐちゃ、ぐちゃっ、という粘着質《ねんちゃくしつ》な音だけ。

「修司…」

俺の体の奥を弄《いじ》りながら覆《おお》いかぶさってきた薫の、首筋から漂うベルガモットとオリエンタルな花の香り。彼自身の香りと相まったそのラストノートと蕩《とろ》けるようなキスは、俺の冷えた体に火を灯《とも》していく。

「ん…」

それは官能という名の焰《ほのお》。俺は夢中で彼の舌を吸い、唾液《だえき》までも呑み込んだ。

「続きはベッドだ…」

いきなり俺の体をテーブルから起こして横抱《よこだ》きに抱《かか》えると、薫は慣れた足取りで店の奥のドアを開け、階段を上がり、俺を寝室《しんしつ》へと連れて行く。

急に突き放された熱い体は我慢《がまん》ができないくらいに昂《たか》ぶって、俺は興奮を抑《おさ》えるために何度か苦しい呼吸を吐き出した。

「ベッドまで待てないのか…？」

そんな俺の姿を嘲笑《あざわら》っているのか、薫は俺の首筋に悪戯《いたずら》の様に小さなキスを落とすから、俺はふる、と体を震《ふる》わせ、唇を噛《か》んだ。

「…この部屋…昔のままだな」

カーテンを閉めていない俺の部屋は、停電のせいか周りの民家からの明かりもなく、天窓から注いだ月の光だけの、幻想《げんそう》的な空間を作り出していた。薫はそっと俺の体をベッドに横たえると、着ていたコートとスーツを脱《ぬ》いでいく。

蒼《あお》い光が薫の逞《たくま》しい肉体を浮《う》かび上がらせ、それに魅入《みい》った俺の脳裏《のうり》にはもう、逃《に》げようとか抵抗《ていこう》しようとかいう考えはこれっぽっちも浮かんでこなかった。

「あ…んぅ…」

ギシ、と二人分の体重を支えるベッドのスプリングが、小さく軋《きし》みをあげる。薫は俺にキスをしながら、手首を拘束《こうそく》していたネクタイと、かろうじて肩に引っかかっていたシャツを取り去った。

「ふっ…ぅ…んっ…」

しばらく放っておかれた俺のペニスは、今、再び薫の手の中に納まり、強弱をつけた擦り上げに、徐々《じょじょ》に硬度《こうど》を取り戻していく。

同じように硬く尖った乳首を舐《な》めた後に歯を立てられ、同時にペニスを擦る二つの刺激《しげき》に、白濁《はくだく》した蜜《みつ》がペニスから溢《あふ》れ出る。

「やあっ…ぁ…ん…」

薫はトロリとした液体を先端《せんたん》に塗《ぬ》り込めるようにして親指でぐりぐりと回しながら、後ろの双球《そうきゅう》からもっと出るようにと刺激《しげき》を送る。

強烈《きょうれつ》に追い込むような指使いに、俺は快感の証《あかし》である精液をどくどく吐《は》き出し、意識は真っ白に霞《かす》む。けれど快感の余韻《よいん》に浸《ひた》ることなく次の刺激をペニスに送り込まれるから、俺はミルク色の液体を止め処《ど》もなく溢れさせた。

「あ…あ、あっ…ん…」

「もうそろそろ、別のモノが欲しいだろ？」

クリームと、俺が出し続けた蜜を絡めた指で慣らされた後ろはヒクヒクと蠢《うごめ》き、薫が囁《ささや》く言葉通りに、もっと強い刺激を待ちわびていた。

指だけでも、奥にあるあのポイントを突かれたら堪《たま》らないのに、覚えのある、もっと大きくて太い薫のモノで突かれたら、どんなに気持ちがいいだろう。

「ほし、い…ほしいっ…よ…」

俺は薫という麻薬《まやく》に溺《おぼ》れているようだった。クスリにどっぷりと浸《つ》かった人間のように、羞恥心も理性も何もかも捨てた俺は、爛《ただ》れるような疼《うず》きをどうにかして欲しくて、夢中で薫の首にしがみ付く。

「はっ…あぁ…あああ…んっ!!!」

ドクドクと、まるでそれ自体が呼吸をしているような薫の欲望の塊《かたまり》が、俺の後ろに添《そ》えられると、グゥッ、と圧力を掛けて挿入された。内壁の細かい襞がめくれ上がるような感覚に、俺は嬌声《きょうせい》をあげながらもその灼熱《しゃくねつ》の剣《けん》を受け入れる。

「あっ…ああ…」

俺は中に分け入ってくる薫を感じながら、この部屋で、最初に彼を受け入れた遠い日の情事を蘇《よみがえ》らせていた。

『女性を相手にするようには上手《うま》くいかないかもしれない。だから痛かったり、苦しかったらすぐにやめるから』——そう言って俺の体に触《ふ》れてきた薫。

俺の方は何もかも初めてで、そして、初めて触れてくれるのが薫だということがすごくうれしかった。

ゆっくり、時間をかけて愛撫《あいぶ》された後ろに彼が入ってきた瞬間《しゅんかん》、俺の体中は薫という鍵《かぎ》にだけ合わされた錠前《じょうまえ》のようになった。そして体を繋《つな》いだ後は、何もかもどうでもいいと思えるほど、俺達はただ溺れるようにお互《たが》いを貪《むさぼ》り合った。

——薫…お前に、お前だけに俺の全部をやる、よ…。

俺は薫に何度もそう言いながら、体の合わせられるところは全部合わせ、彼のすべてを独占《どくせん》したいと思った事を覚えている。

痛さも、気持ちよさも全部、薫が教えてくれた。人を好きになるということは切ないまでに愛《いと》しくて、心も体も含《ふく》めて、相手を抱き締《し》めることだということも。

「はっ……ぅ……あ……あぁ……」

そして今、俺の中に薫がいる。

みっちりと詰《つ》まったその質量は信じられないくらい大きくて、苦しいくらいに俺を圧迫《あっぱく》するけれども、浅く抜《ぬ》き差しする動きに合わせて、奥のほうからじんわりと苦痛を凌駕《りょうが》するものが沸《わ》き上がってくるのに時間はかからなかった。

「久しぶりだから……止まらないかもしれないけど……いいか？」

「ふ……んぅ……ん……」

薫が言った『久しぶり』が、俺とのセックスの事なのか、セックス自体を指しているのかわからなかったが、そんなこと今はどうでもよかった。

ただ、何もわからなくなるくらい激しく抱いて欲しかった。

俺が薫の背中に手を回すと、彼の腰が鞭《むち》のように激しくしなり、派手な音を立てて俺の中に欲望を注入していく。

「あっ！　うぅ……んっ！　んっ、んっ、んっ、ああっ、ん！」

深く深く、どこまでも深く抉《えぐ》られて、気持ちよさに声を上げれば、ますます激しく揺《ゆ》すぶられ、突《つ》き上げられ、犯《おか》される。律動を繰《く》り返す薫の腰に手を添えると、彼の両腕《りょううで》が俺の膝《ひざ》の裏を掬《すく》いあげ、両足を肩《かた》に抱え上げられた。

「あっ、あっ、もっ…だ、めっ、だ…あっ、んっ！」

薫はほぼ真上から叩《たた》きつけるような強く細かいストロークで俺を攻《せ》めながら、同じリズムで俺のペニスを擦《こす》り上げる。ずるずると溶《と》けていきそうな熱い感触《かんしょく》に、俺の後ろは自然と波のようにうねり、薫の射精を促《うなが》すように絞《しぼ》り上げた。

「ああっ、あ、あ——」

「くっ…！」

竜巻《たつまき》が、目の前を通り過ぎていくようだった。全《すべ》ての景色《けしき》がくるくると回り、意識や思考、その全てが根こそぎ引っ繰り返る。どこか酩酊《めいてい》と浮遊《ふゆう》感のようなものがないまぜになったまま、俺は絶頂を迎《むか》え、少し遅《おく》れて俺の最奥《さいおう》に薫の欲望が吐き出されたのを感じた。

「ふっ…う、は…はぁ…」

ぴく、ぴく、と感じすぎた体は小さく痙攣《けいれん》を起こし、しばらくの間俺は、強烈過ぎた行為《こうい》に乱れた呼吸を整えていた。

ひどく体がだるくて、猛烈《もうれつ》な眠気《ねむけ》が襲《おそ》う。このまま眠ってしまいたいと、俺は大きく息を吸って——吐き出せなかった。

「う…あっ…！」

絶頂を迎えた瞬間こそ、薫は俺の横に顔を埋《うず》めていたが、すぐにムクリと身を起こした時には、呼吸一つ乱れていない状態に戻《もど》っていた。

その上、繋がったままの体を離《はな》すことなく、そのまま緩《ゆる》く穿《うが》ってくる。

「い…やだっ…あっ…うぅん…」

力の入らない手でそれでも、俺は薫の肩先《かたさき》を押し返し、体を引き離そうとした。途端《とたん》に回すように腰《こし》を使われ、その後に強く突かれると、俺の奥でぐしゅっ、と熟《う》れすぎた果実が潰《つぶ》れる様な音がする。

「あっ…やっ…音っ…いや、だ…！」

ピストン運動のように薫がペニスを抜き差しする度、内部に溜《た》まっていた蜜が繋がった部分からぐしゅり、と溢れ出て、俺の内股《うちまた》を濡《ぬ》らしていく。内腿《うちもも》を伝うものが、さっき薫が俺のなかに放ったものだと気付いて、俺は強い羞恥心《しゅうちしん》を覚えた。

「まだ許してやらない。…今晩じっくり、お前は俺のものだって思い出させないといけないから、な…」

「は…あっ、あっ、あんっ…あー…」

腰を動かす速度を徐々に速めながら、薫は俺の鎖骨《さこつ》から顎《あご》にかけて、ザラリとした舌で舐め上げる。感じすぎた体は、そんな少しの刺激にも簡単に背筋が粟立《あわだ》つから、抵抗する意識の陥落《かんらく》は容易《たやす》い。

「あっ、あんっ…はぁ、ん！」

その後も間隔《かんかく》を空けずに放出を促され、俺のペニスから流れる蜜は何度も出しているせいか、徐々に濃度《のうど》が薄《うす》まっていった。それでも薫が煽《あお》る快楽に、蜜は滾々《こんこん》と湧《わ》き出る地下水のように涸《か》れることはなかった。

「かおる…っ…も、だめ、だ…あっ…あぁっ…」

「まだ、だ…まだ、許さない…」

闇《やみ》にきらめく薫の瞳《ひとみ》は、美しい獣《けもの》を思わせる。獰猛《どうもう》で荒々《あらあら》しいキスを仕掛《しか》けてくる獣は、その伸《の》びやかな四肢《しし》を存分に使って俺を何度も組み敷《し》き、快楽の渦《うず》へと引きずり込んで行った。

体を繋げ、肌《はだ》が触《ふ》れ合うほどに、心は遠くなっていく気がしたけれど。

「ん…」

カーテンを引いていない部屋はそれでも薄暗《うすぐら》くて、目を覚ました俺にまだ完全に朝が来ていない事を告げていた。

起き上がろうとしたが下半身に力が入らなくて、俺は諦《あきら》めたように首だけで辺りを見回す。

「起きたか？」

ぼんやりとした視界の先に、ワイシャツの手首のボタンを留める手を止めた、俺をこんな状態にした男が振《ふ》り返る。

その表情に疲《つか》れなどは微塵《みじん》もなく、上着を羽織り、コートを手に取るまでのそのしなやかな動きはため息が出るほど優美で、俺は思わずじっと彼の動きを観察してしまったほどだ。

その一方で俺は、どうしてあれだけ昨日暴れまくったのに、コイツはこんなに元気そうなんだ、と薫の並外れた体力に舌を巻いていた。

「一旦《いったん》ホテルに戻る」

着替《きが》え終わった薫が近付いて、俺の顎へと手を伸ばそうとするから、その前にぽす、とかわすように顔を枕《まくら》に埋めた。

どこへでも勝手に行け、と叫《さけ》びたいが、一晩中喘《あえ》がされた俺の声はすっかり掠《かす》れていて、満足に声も出せない。

「…雅孝の所へ行って…それから、またここに来る」

薫が、ちゅ、と音を立てて首筋から肩にキスを落とし、離れていく。

不機嫌《ふきげん》を宥《なだ》めるようなそれは、昨夜の余韻《よいん》が残る俺の体に甘い震《ふる》えを走らせるが、その後続けられた彼の言葉に、俺はガバリと身を起こした。

「…っ…お、お前…日本に一体何しに来たんだ？　雅孝の所って…どういう事だよ!?」

体を動かした瞬間、体中を駆《か》け巡《めぐ》った鋭《するど》い痛みに俺は悲鳴を上げそうになるが、なんとか堪《こら》えて寝室《しんしつ》から出て行こうとする薫に向かって叫んだ。

「…先週、会議中に社長が倒《たお》れた。俺は社命で雅孝を会社に連れ戻す為《ため》に来たんだ」

まるで対岸の火事のような口ぶりだったが、薫は昔から、会社に関する事で大きな問題が起こると特に、ひどく落ち着いているように振《ふ》る舞《ま》うのだ。

しかしこれほど落ち着いた様子で、緊迫《きんぱく》した状況《じょうきょう》を話す薫を見たのは、初めてかもしれない。

「連れ戻すって…どうして…」

あまりに突然《とつぜん》のニュースに、俺は頭が上手《うま》く働かず、口をついて出たのは小学生のような単純な質問だった。

「…雅孝は秋吉グループの後継者《こうけいしゃ》だ。社長が業務を遂行《すいこう》できない時は、副社長がその任を引き継《つ》ぐのは当然のことじゃないか」

「後継者…雅孝が？」

雅孝は会社を去ったはずなのに。

後継者は、薫のはずなのに。

俺の思考能力は立ちこめる濃《こ》い霧《きり》の中に放り込まれたようになり、前にも後にも進めない状態に陥《おちい》った。

「詳《くわ》しい事は後で話す。それと修司、俺はお前も社に戻すつもりだ。…会社だけじゃなく、俺のところにも」

そう言い残して薫は、今度こそ部屋を出て行く。

俺は上半身をベッドから起こしたまま、呆然《ぼうぜん》と薫が出て行ったドアを見つめていた。

雅孝だけじゃなく、俺も連れ戻すだって？

濃霧《のうむ》に襲われていた俺の頭の中を、ほとんど傲慢《ごうまん》とも言える、先程《さきほど》の薫の言葉が稲妻《いなずま》となって駆け巡る。

冗談《じょうだん》じゃない！

俺はほとんどパニックになりながらも起き上がり、ベッドの下に散らばったシャツを取り上げた。

起き上がった瞬間《しゅんかん》に、俺の足の間からは昨日の残滓《ざんし》が零《こぼ》れ落ち、それは一晩中薫に抱《だ》かれていた淫靡《いんび》な記憶《きおく》を俺に伝える。

「くそっ…薫の奴《やつ》…！　めちゃくちゃしやがって…」

何のために俺があいつから離れたと思っているんだ。…何もかも擲《なげう》って、こんな遠くまで来て、店まで始めて。

それをいともあっさり、俺の所へ戻らせる、だなんて！

荷物を乱暴に投げ渡《わた》すように、薫に別れを告げたのは俺の方。薫側からすれば俺の怒《いか》りの方が身勝手なのはわかっていたが、唐突《とうとつ》に襲ってきた危機に、そしてそれを運んできた彼に対して俺は、理不尽《りふじん》さを覚えるだけだった。

「何て勝手な奴なんだ！」

恥《は》ずかしい自分の状態に更《さら》に激しく薫に悪態をつきながら、ティッシュで残滓を拭《ふ》き取り、とりあえずシャワーを…と思った俺の目に、ふと飛びこんできた一枚の名刺《めいし》。

机の上に何気なく置かれたそれを見た途端、俺の中で嵐《あらし》となっていた思考が、一瞬《いっしゅん》にして晴天に変わって行く気がした。

俺はすぐさま携帯《けいたい》を取ると、名刺を片手に番号を打ち込んでいく。

『…もしもしアレク？　俺、修司だけど…ごめん、こんなに朝早く…』

数回のコールの後、繋《つな》がった瞬間に時計を見ると、朝の六時。それでもアレクは起きていた。偶然《ぐうぜん》とはいえ、朝に電話をして良かったかもしれない。俺の変に掠れた声は、寝起《ねお》きのせいということでごまかしが利《き》くから。

俺は電話を掛《か》けようと思った時から、回りくどいことを言うのはやめようと思っていた。そのまま単刀直入に話を切り出す。

『あの、突然なんだけど、この間の…俺を好きだっていってくれたこと…その返事をしていいかな？』

ワンクッションだけは置いたつもりだったが、やはり唐突な俺の発言に、電話の向こうのアレクは驚《おどろ》いた声を上げた。

俺としても、こんなムードもへったくれもない告白の返事は不本意だけど、とにかく時間がない。早くしないと薫が帰ってきて、下手《へた》したら引っ越《こ》しの手続きまでしかねない。

俺もいい大人なのだから、そんな無茶苦茶な扱《あつか》いを黙《だま》って受け入れることを拒否《きょひ》すればいいだけの話だが、その時の俺は、あまりの混乱に自分を見失っていた。

『あの、俺…も、アレクのこと、好きだよ。だから…だから俺達、付き合わないか？』

アレクを恋人《こいびと》に仕立てるなんて、完全に彼を利用していると思う。けれど薫から逃《に》げ続ける為なら、俺は何でもするつもりだった。

三年前、薫と別れた時に俺が描《えが》いたシナリオは、時に変化を起こし、想定外の局面を迎《むか》えていた。本来、登場する事のないアレクを今回引きずり込んだのは、俺の揺《ゆ》らいだ決心を立て直すために必要だったから。

卑怯《ひきよう》だと、どうしようもない嘘《うそ》つきだと、薫に思われてもいい。彼が俺に見切りをつけ、離《はな》れていく事こそ、俺の願いなのだから。

『…うん。ありがとう…じゃあ、また…』

急遽《きゆうきよ》できた恋人からの甘い囁《ささや》きに返事をしながら、俺は電話を切った。

「…っ…」

気持ちを切り替《か》える為にバスルームへ入った俺は、姿見に映った自分を見て驚愕《きようがく》する。

体中に散ったバラの花びらのような鬱血跡《うつけつあと》――それは首筋から全身に点在して、俺の肌を染めていた。

昨日のキスが未《いま》だ俺の唇《くちびる》に、肌にと、消えない火傷《やけど》の痕《あと》のように残っているのを感じる。熱くなる体をどうにかしたくて、俺は急いでシャワーコックをひねると、勢いよく出たお湯を頭からかぶった。

あんな乱暴に抱かれたのに、俺は体中で悦《よろこ》んでいた。

昨夜の事を思い出すと、朝の生理現象とは違《ちが》う昂《たか》ぶりがもたげ、その事実に俺は自分への怒りを込めて、バスルームの壁《かべ》をドン、と叩《たた》いた。

久しぶりの薫の掌《てのひら》、囁き、そしてキス。今まで何回夢に見た事だろう。そして、その幾《いく》つもの夢の中より、昨日の彼は激しく情熱的で、俺の細胞《さいぼう》一つ一つを官能で満たした。

たとえそれが俺を蔑《さげす》む、罰《ばつ》のような行為《こうい》でも、俺は再び彼に抱かれて嬉《うれ》しかった。薫が施《ほどこ》す口付けは、俺の中の、薫を遠ざける、という意志が揺らぐほどに甘く、そして心地《ここち》よかったから。

けれど運命の車輪は、ゆっくりと音を立てて再び回りだしていた。

それは誰にも止められず、また、どこへ向かっていこうとしているのか、俺にもわからなかった。

第四章

秋吉家の跡取《あとと》りである雅孝の右腕《みぎうで》になる——それは九条家の嫡男《ちゃくなん》として、生まれた時にはもう既《すで》に決められていた薫の役割だったという。

古くは平安の時代まで辿《たど》ることができるらしいその家系は、由緒《ゆいしょ》正しい格式を誇《ほこ》っていた名家だったが、戦前までの豪奢《ごうしゃ》な暮らしを嘲《あざけ》るがごとく、戦後の混乱期を通してあっという間に没落《ぼつらく》した。

坂道を転がり落ちるように衰退《すいたい》した家をそれでも維持《いじ》していく為《ため》に、薫の曾祖父《そうそふ》が出した苦肉の策は、戦後の新興企業《きぎょう》との婚姻《こんいん》による結びつきだった。

聞こえはいいが、ようするに一族の娘《むすめ》達を身売りさせたのだ。

そして犠牲者《ぎせいしゃ》の一人である、薫の叔母《おば》にあたる女性が、雅孝の母親だった。

そんな一連の薫の家の事情——金銭的援助《えんじょ》を受けている秋吉家に従わざるを得ない——をはっきりと知ったのは、俺が薫と共に秋吉グループに入社した頃《ころ》だ。

想《おも》いが通じ合ったら、それで終わりなんて、それは童話の中だけの話。

現実には、想いが通じ合ってからがスタートで、蕩《とろ》けるような甘い日々に少しのケンカ。それらを含《ふく》めた数多《あまた》の思い出を共有した俺達は、やがてターニングポイントを迎えることになる。

俺と薫は、付属の高校を卒業するとそのまま大学に進み、それを機に二人で暮らすようになっていた。

一つ屋根の下、毎日同じベッドで眠《ねむ》り、暮らし、大学構内でも俺達はほとんど一緒《いっしょ》にいて、そしてそれが自然な事だったから、俺が薫と同じく秋吉グループを就職先に選んだのは、どこか学生時代の続きみたいに思っていたせいもある。

暢気《のんき》にそんな事を考えていられたのは、入社後、ほんの少しの間だけだったけれど。

入社当初、社内での薫の立場は、社長自ら教育する幹部候補生、という一種特別なものだったが、雅孝の父親である社長以外、上層部の彼に対する扱いは、俺の目から見ても優遇《ゆうぐう》されているとは言いがたかった。

そんな印象を受けたのは、俺が配属された部署が秘書室だった事も関係していた。秘書室は全社のありとあらゆる情報や噂《うわさ》が飛《と》び交《か》い、俺が知りたくなくても、薫の微妙《びみょう》な立場や彼に対する周りの反応などがダイレクトに伝わってくる、そんな部署だった。

薫本人から何かしら聞いていたら、彼に関する一連の事柄《ことがら》を耳にしても、俺はあまりショックを受けなかったかもしれない。けれど彼はこれまでと変わらず、家に関することの感情を表面上に表す事はなかった。

薫のお姉さんが、秋吉家の傍系《ぼうけい》に当たる男性と婚約《こんやく》した時までは。

結婚式も近づいたある日、俺は役員室の前で社長の弟にあたる人物――腹違《はらちが》いという事だったが、彼はいつも社内を我が物顔で歩いていた――が薫と対峙《たいじ》しているのを偶然目にした。

彼は常日頃《つねひごろ》から薫を見るにつけ、人一倍、高圧的な態度を示す男だった。自分よりも格下だと思う薫が、社長の秘蔵っ子であるのが気に入らなかったのかもしれない。

「お前の一族はまるで寄生虫だな。一体何人の女を秋吉家に送り込めば、気が済むんだ？」

下卑《げび》た笑いを浮《う》かべたその男は、取り巻きである他《ほか》の役員達と共に、黙礼《もくれい》をする薫の横を通り過ぎざま、酷《ひど》い言葉を投げかけた。

俺はその場面を見なかったことにして、静かに立ち去り、社内のパワーゲームなど、どこにでもあることだと、受け流せばよかった。

けれどその時の俺はあまりに若くて、後先考えずにただ薫の許《もと》へと走ることしかできなかった。

「どうした？　修司」

しかし薫は急いで傍《そば》に駆《か》けつけた俺に、まるで何事もなかったかのようにそう聞いてきた。

俺は薫の、そのひどく冷静な物腰《ものごし》に呆然《ぼうぜん》としてしまい、言葉がなかなか出てこなかったのを覚えている。

「どうしたって…さっき…」

「ああ…そうか…」

彼はそんな俺の様子を見て気付くところがあったのか、小さくそう呟《つぶや》くと、先程《さきほど》の連中が去っていった方に目を向けた。

「ああいう扱《あつか》いには慣れているから平気だ」

「平気って…あんな酷い事を言われているのにか!?」

社長の弟だからって、上司だからって、あんな人を貶《おとし》めるような言い方は許せない。俺は思い出すとムカムカしてくる気分のままに、薫に感情の昂ぶりをぶつけた。

「…しょうがないさ。確かに彼の言い方には悪意があったけど、大筋では本当の事だし。それに言い返したところで相手の思う壺《つぼ》だ。あいつらは俺が怒《おこ》って悔《くや》しがる姿が見たいだけなんだから」

眉《まゆ》一つ動かさず、冷静に前を見据《みす》えるその視線には、怒り特有の激しさはなく、代わりに端整《たんせい》な鼻梁《びりょう》が美しい横顔から浮かび上がってきたのは、諦《あきら》めにも似た昏《くら》い影《かげ》。

薫はそのまま向こうを向いたままで抑揚《よくよう》もなく話していたが、ふと俺の方へ顔を戻《もど》すと、皮肉めいた笑《え》みを浮かべた。

「…俺は小さい頃から、雅孝の右腕になるために教育を受けてきて、それが当然だと思ってきた。でも物心が付いて…家の状況《じょうきょう》を知った時からずっと、俺は秋吉の家に頼《たよ》らず、誰の力も借りずに、何とかして九条家を再興できないかって考えてきたんだ。…でも現実、俺は姉貴の政略結婚一つ止められない」

それは初めて聞いた薫の本心。

俺は、薫と出会ってからずっと、彼が何か胸に秘《ひ》めた苦しみを持っている事は感じていた。

そしてはっきりしたことがわからないなりにも、俺はずっと薫の傍にいて、少しでも彼の力になれれば、と思っていた。

けれど薫の苦しみは、俺が想像していたよりもずっと深くて、それはどんな言葉も気休めにしかならない、そんな重みがあった。

もし、薫が秋吉家への憎《にく》しみの感情を口にしていたら、まだよかった。憎悪《ぞうお》とは言え、そこからは内なるパワーが感じられるから。

しかし目の前の薫は、まるで『秋吉家』という魔物《まもの》に、ゆっくりと生気を吸い取られていく儚《はかな》い存在のようだった。

そう感じた途端《とたん》、俺はゾッとすると同時に強烈《きょうれつ》な感情が胸の中に渦巻《うずま》くのを感じた。

許せない。

彼をこんなにも弱く、そして悲しくさせるものが。

激しい怒りが俺の中に沸《わ》きあがったが、それは外へ向けられるより、内へと——俺自身に向かうものの方が強くて。

「ごめん…薫…俺…」

彼は自分の非力さを嘆《なげ》いているが、それは俺も同じだ。いつだって一番傍にいたのに、俺はこんなにも苦しい思いをしてきた薫に、何もしてあげられない。

その事が情けなくて、悔しくて、俺の目からは涙《なみだ》が次々とこぼれる。

夕凪《ゆうなぎ》のごとく穏《おだ》やかな微笑《ほほえ》みを浮かべ、揺《ゆ》るぎ無い自信が体中から光のように溢《あふ》れている姿が、俺の知っている、そして一番相応《ふさわ》しい薫の姿だ。

その光の輝《かがや》きが奪《うば》われる事は、俺にとって耐《た》えられない事だった。

「お前が謝る必要なんてないんだ、修司…俺は平気だから」

薫はみっともなく泣き続ける俺を、誰もいない会議室へ連れて行くと、そっと手を握《にぎ》り、指を絡《から》める。その繋《つな》いだ指が解《ほど》けぬように、俺はぎゅ、っと薫の指先を握った。

「薫…」

俺を見下ろす睫毛《まつげ》の陰影《いんえい》に、ひどく心が騒《さわ》いだ。薫の、繋いだ方とは反対の指先が俺の下《した》唇《くちびる》をなぞる。俺は自分から唇を寄せると、彼にキスをした。

「大丈夫《だいじょうぶ》、修司。…俺は負けない」

キスの合間に聞こえた、怒りも悲しみも追いつけないくらいの、強い思いを込めた薫の一言。

そのまま抱《だ》きしめてくれる優《やさ》しい温《ぬく》もりを感じながら、俺は薫の首に手を回すと、キスを一層深いものにした。

ここが会議室だとか、誰かが入ってくるかもしれないだとか、そんなことを気にしている余《よ》裕《ゆう》もなかった。

ただ、薫を感じたくて、彼が俺のものだって確かめたくて。そうしないと、薫がどこか遠いところへ行ってしまうような気がした。

――薫が苦しまないように、悲しまないように、俺にできることなら、何でもする。

俺の中で芽生えた決意は、蕾《つぼみ》が一枚一枚花開いていくようにゆっくりと、しかし確実に大きく胸の内に広がっていった。

俺は、彼を疲弊《ひへい》させるすべてのものから彼を守りたかった。薫の誇《ほこ》りを傷つける、何もかもを遠ざけて。

けれどそれから数年後、その決心を試《ため》される日がやってこようとは、その時の俺は思ってもみなかった。

握り合った指先を自ら解く、その事を。

社会人になって三年目、語学力をはじめとした、秘書としての能力を買われた俺は、副社長とヨーロッパ支社長を兼務する雅孝の秘書として、単身パリへ赴任《ふにん》した。

一方薫は俺の転勤と同じ時期に北米支社に異動し、そこで次々と重要なプロジェクトを成功させていた。

薫の成功を誇らしく思う一方で、俺は初めての自分と薫を別つ距離《きょり》や、すれ違いの生活に不安を感じていた。

何より心細かったのは、薫がそれらの事柄《ことがら》に対して、平然としているように見えたことだ。

離《はな》れた距離を埋《う》めるべく、年を追うごとに電子メールや電話などの通信機能は発達していったが、皮肉な事に、それらの便利なツールのせいで、俺達は忙《いそが》しさを理由に直接会うこともなくなっていった。

不安な気持ちに押し潰《つぶ》されそうになっているのに、それを言う事ができない俺の、言わば大人のプライドと意地が、素直《すなお》さをどんどん脇《わき》へ追いやり、気が付けば俺は薫に、たった一言、『寂《さび》しい』と言うことにさえ躊躇《とまど》いを覚えるようになってしまっていた。

そんな気持ちをどうにかごまかしつつ、毎日を送っていたある日、俺は、自分のオフィスに戻る途中《とちゅう》、通りかかった支社長室から大きな物音が響《ひび》いてくるのを耳にした。

いつもはしん、と静まりかえっている雅孝の部屋から、そんな大きな音がするのは珍《めずら》しい事で、俺は何事かと彼のオフィスへ近づいた。

「…じゃあお父さん…いえ、社長。あなたが今言った通り、俺ではなく、薫を後継者《こうけいしゃ》にしたらいいじゃないですか。俺は会社のために一度しか会ってない女性と結婚《けっこん》するのは真っ平です！」

そしてドア越《ご》しに、激しい口調で雅孝がそう言うのを聞いてしまった。

「なるほど…それがあなたの答えなんですね」

気付かれぬよう、細心の注意を払《はら》ってドアを開けると、冷ややかな口調で電話を切った雅孝が、電話線を引き抜《ぬ》き、その上電話機をデスクから床《ゆか》へ払い落とす姿が目に入る。

カオル　ヲ　コウケイシャ　ニ

ガシャン、と電話機がデスクから転がり落ちる派手な物音と、荒《あら》ぶる感情を抑《おさ》えられない様子の雅孝。そのどちらも強い驚《おどろ》きに値《あたい》する出来事だったが、急いでドアを閉め、そこへ背中を預けた俺の頭の中では、先程《さきほど》雅孝が言った一言だけがぐるぐると回っていた。

先月、雅孝は本社の命令で、日本からの客である、さる有名な代議士の娘《むすめ》をパーティにエスコートした。

彼にとって仕事の一環《いっかん》であるその夜も、相手にとってはそうではなく、相手の女性が雅孝を見つめる視線は、真剣《しんけん》そのものだった。

そのパーティ自体が、雅孝とその女性のお見合いだったということは、秘書である俺が一番最初に聞かされていた。知らなかったのは雅孝だけだ。

もし彼がこのお見合いを事前に知っていたなら、パーティはおろか、その女性と会うことすら拒否《きよひ》していただろう。だからこそ社長命令であるこのお見合いを雅孝に悟《さと》られぬよう、社内はパーティの数週間前からピリピリしていた。

高校二年の時に雅孝の母親が他界し、そのすぐ後に雅孝はイギリスの全寮制《ぜんりようせい》の学校へ転校させられた。その時を境に、彼はすっかり人が変わってしまっていて。

誰一人信用せず、笑顔《えがお》を見せるのはビジネスに必要な時だけ。全《すべ》てにおいて無の感情しかも ち合わせていない彼と仕事をするのは、正直かなり辛《つら》かった。

雅孝は業績不振《ふしん》だったヨーロッパ支社をたった数年で見事に盛り返した優秀《ゆうしゆう》な男だったが、

彼と社長である父親との不仲は社内でも有名な話だった。

それゆえ、秋吉グループ第二の経営拠点《きょてん》である北米支社へ薫を行かせたのも、社長が息子《むすこ》である雅孝よりも薫の方を気に入っているから、という噂《うわさ》も出るくらいだった。

そして上層部内に流れるそんな噂が、ますます雅孝を孤独《こどく》に、そして冷淡《れいたん》な人間にしているようだった。

今の雅孝は本来の彼ではない――そう信じる俺は、どうすれば以前のように誠実で、優しい彼に戻《もど》ってくれるのかと思い悩《なや》んだが、そのことを薫に相談すると、あろうことか彼は眉《まゆ》を顰《ひそ》めた。

『あいつも子供じゃないんだ。いつまでも学生の時のような態度を取るのはよした方がいい』

先月、久しぶりの薫との休暇《きゅうか》。彼に会いたくて仕方がなかったのに、俺はちっとも楽しめなかった。

薫に雅孝への接し方を諫《いさ》められたからではない。ただ、彼の言葉の裏側に、『昔とは違《ちが》う』という思いが見えて、その事が俺を打ちのめした。

確かに、何か見えないものに守られていたような学生時代とは違い、社会に出れば俺達の関係はあまりに曖昧《あいまい》で、不安定な流砂《りゅうしゃ》の上に建てられた塔《とう》のようなものだから。

俺達、これから先も二人で一緒《いっしょ》にいられるのか？

迷いがあったわけじゃない。ただ、確かなものが何もないままに進んでいくのが、そして進んでいこうとしているのが俺一人のような気がしてしょうがなかった。

けれど薫、お前はそんな事を考えもしないんだろうな。

「俺はこれからパリを出て…そのまま戻らないつもりだ」

その夜、小さくまとめた荷物と共に、俺のオフィスにふらりと入ってきた雅孝は、硬《かた》い表情でそう告げた。

何を言っても、無駄《むだ》だという事はわかった。雅孝は無責任な人間ではない。会社を去るという事がどれほどの事か分かった上で、それでもその選択《せんたく》をしたということは、すべてを捨てる覚悟《かくご》があるということだ。

けれど俺は社の不利益に繋がる彼の選択を、止めなくてはいけない。それが、秘書という業務を担《にな》う俺の役目なのだから。

「副社長——」

引き止める言葉を口にしようとしたその時、俺の心の隙間《すきま》に、ふっと入り込んできた、誘惑《ゆうわく》の声。

(これはチャンスだ。雅孝がこのまま会社を去れば、秋吉家に隷属《れいぞく》しているような薫の立場は変わり、晴れて薫が秋吉グループのトップになる——)

声の主は、もう一人の自分だったのかもしれない。薫を想《おも》う心で一杯《いっぱい》の、けれどどこか歪《ゆが》んだ俺自身。

(薫が後継者に指名されたら？　名前だけで実力もない重役達は皆《みな》、すぐに彼に傅《かしず》くだろう。今までだって何回もそういう場面を目にしてきたし、何より、彼はそうされて然《しか》るべき能力をもった人間だ)

そうだ。そうなれば薫を冷遇《れいぐう》していた、全ての人間を見返す事が出来る。薫にあんな酷《ひど》い言葉を吐《は》いた社長の弟だって…！

俺の頭の中で『薫が秋吉グループのトップになったら』という想像の世界が、ものすごい勢いで構築されていく。

そしてそれは、目の前にいる雅孝が存在していては、永久に現実のものにはならない。

その答えを導き出した俺の内側から、ゆらり、と、入社当初に見た、昏《くら》い横顔の薫が炙《あぶ》り出されてくる。しょうがない、と諦《あきら》めたように呟《つぶや》く、彼の声と共に。

雅孝さえいなくなれば。

雅孝さえいなくなれば、薫は誰にも負けない。

「…迷惑《めいわく》をかけることになると思う。だが…」

「いえ。どうか後の事はご心配なく。お任せ下さい」

そんな打算的な考えに一瞬《いっしゅん》で心を奪《うば》われてしまった俺は、そう言って雅孝の失踪《しっそう》を後押しするように、去って行く彼を止めなかった。

このまま黙《だま》って雅孝を行かせなくては。そのために俺が責任を問われたとしても、構うものか。

「ありがとう。…修司、元気で」

雅孝は何年かぶりに見る本物の笑顔で俺に礼を言うと、俺のオフィスを出て行った。俺の偽《いつわ》りの忠誠に騙《だま》されたまま。

不思議とそのことに対して胸は痛まなかった。俺は薫の願いを叶《かな》えるためなら、どんなズルイ人間にだってなれる気がしていたから。

「さて、と——」

俺は雅孝が去った後、それまでしていた資料の作成を急いで終えると、新たに文書ソフトを立ち上げ、辞表を書き始めた。

『会社を辞《や》める際には直属上司へ二週間前の通達が必要』——会社の規約にはそう書かれていたはずだ。

けれど直属の上司である雅孝がいなくなった今、一体誰がそれにあたるのだろう？

雅孝が失踪して二週間。パニックだったヨーロッパ支社もようやく落ち着きを取り戻していた。

その間俺は、自分のオフィスを片付けていた。短期間の赴任《ふにん》だったにも拘《かか》わらず、意外と荷物は溜《た》まるものだ、と思いながら。

薫は俺が会社を辞めると知った時、時差も考えずに俺の携帯《けいたい》に電話をかけてきた。滞在《たいざい》していたホテルにも伝言の山を残して。

しかし敢《あ》えて話すことのない俺は、その着信や伝言に無視を決め込み、オフィスに電話がかかってきても取り次がないよう、部下に指示した。そしてその指示はちゃんと遂行《すいこう》された。

もうすぐ去っていく人間の言う事も、ちゃんと聞いてくれるなんてありがたい。こういう時、日本企業《きぎょう》は世界一だと思う。

「修司！　お前、一体どういうつもりだ⁉」

しかし薫は、俺が会社を去る日に突然《とつぜん》パリまでやってきた。最近の彼は出張続きで、北米支社のあるニューヨークにさえいたことがなかったから、俺は彼の行動に少なからず驚いた。

俺のことを少しでも気にかけてくれてうれしい。そんな気持ちが正直あった。

けれど、俺が考えたシナリオは、もう変更《へんこう》はきかない。

「薫。お前、仕事は？」

「そんなことを気にするぐらいなら、電話を取れ！　一体どういうつもりで…おい、修司、俺の話を聞いているのか⁉」

俺は薫の怒声《どせい》が響《ひび》く中、育てていた植木に悠々《ゆうゆう》と水をやり、枯《か》れた葉をむしりとる作業を続けていた。そんな俺に、薫はイライラとした足取りで近寄ると、俺の手から水差しを奪い取る。

「修司、どうしたんだ？　雅孝がいなくなったと思ったら、お前まで会社を辞めるだなんて…一体何が…」

「…薫、もう俺たち終わりにしないか？」

訳を問いただす薫の質問を最後まで聞かず、俺はただ静かにそう告げた。その途端《とたん》凍《こお》りついたような薫の表情が視界に入り、俺は真正面から彼を見ることを避《さ》けた。

まだ彼の顔を見る時ではない。今見たら、固く決意した気持ちが、揺《ゆ》らいでしまう。

俺はこの二週間、何度も頭の中でシミュレーションしたその瞬間《しゅんかん》に備えて、必死に震《ふる》えそうになる声を抑《おさ》えた。

「修司、何を…言っているんだ？」

私物の入った箱を持ち上げ、俺はゆっくりドアへと移動する。振《ふ》り返ると、訳が分からない、といった表情の薫がそこにいた。

「薫…俺は雅孝と一緒に生きていく事にしたんだ。だから、俺はお前との関係を終わりにしたい」

用意していた言葉を解き放って、それで終わり。

そして、嘘《うそ》を繰《く》り返す日々が始まる。

第五章

『げっ』

店に入ってきた瞬間、アレクは露骨《ろこつ》に嫌《いや》な顔をした。しかし、声に出して不満を露《あらわ》にしてしまった事に対して、しまった、と思ったのか、すぐさま片手で自分の口を押さえる。

『いらっしゃい、アレク』

俺は彼に声をかけながら、思わず笑いが込み上げそうになるが、声を上げた原因が、遠からず自分にあるということに気付き、少し申し訳ない気分になった。

『またいる…』

アレクはカウンターの端《はし》をげんなりと見やる。そこには経済新聞を広げた薫が、腰《こし》を下ろしていた。

『一応、お客だからね…』

俺はアレクのためにキーマン紅茶を淹《い》れつつ、肩《かた》をすくめた。

建て前上、店がお客を選ぶなんて、あってはならないことだと思う。しかしそれは普通《ふつう》のお客なら、の話。

『「お客」!? あれが?』

サーブしたお茶を立ったまま一口飲んでアレクは大声で叫《さけ》び、ぐるりと目を回して不満の意を俺に伝えた。

『…俺のことを「あれ」呼ばわりするなんて俺にケンカ売ってんのか？　ポチ？』

その途端《とたん》、カウンターの端《はし》から冷ややかな声が飛ぶ。

普通の客とはいえない薫は、完璧《かんぺき》なフランス語の発音でそう言いながら、シッキムテミ茶の入ったカップを手にしたまま、アレクを睨《にら》み付けた。

あの日、再び店に顔を出した薫に『俺には本当に恋人《こいびと》がいる』とアレクの存在を告げ、俺はもう一度彼を拒絶《きょぜつ》した。

そう言えば、薫は俺の事なんてすぐに諦めると思っていた。

そもそも、雅孝を社に連れ戻《もど》す事を最大の目的としていた薫の仕事は、雅孝自らの決断によって果たされたのだから、俺は彼らがすぐにアメリカかヨーロッパに戻り、そのまま顔を合わすこともなくなるだろうと踏《ふ》んでいたのだ。

――俺はお前に恋人がいるなんて信じないし、認めない。

しかし俺に向かってそう宣言した薫は、アメリカに戻るどころか本社に留まり、それから頻《ひん》繁《ぱん》に俺の店にやってくるようになった。

そして、同じように店を訪《おとず》れるアレクと顔を合わせば、子供のようなケンカを始めるのだ。

『自意識過剰《かじょう》もいいところですね。僕はあなたが店にいるなんて、これっぽっちも気付いていませんでしたから！』

ふん、と鼻を鳴らして、アレクは攻撃的《こうげき》な表情を見せた。それは、温和な彼でもそんな顔をする事もあるんだ、と俺が驚《おどろ》くほどのもので。

『…シュウジ、「ポチ」ってどういう意味？』

アレクは、そのままスツールに座ろうとしたが、薫が言った、自分に対する呼びかけのような言葉が引っかかったのか、眉間《みけん》に皺《しわ》を寄せて俺を振り返ると、怪訝《けげん》そうな表情で聞いてきた。

いくら彼が日本語に精通していても、『ポチ』という単語は馴染《なじ》みがないらしい。…当然だ。

『ポチっていうのは、日本の代表的な名前だ。…犬の』

俺がどう説明しようかと言葉を選んでいるうちに、薫が澄《す》まし顔でそのままズバリと言ってしまう。

『イヌぅ!? 失礼な！』

『修司に構って欲しくて纏《まと》わりついているお前に、ぴったりな名前だと思うけど？』

アレクの素《す》っ頓狂《とんきょう》な叫び声に、ニヤリと唇《くちびる》の端を上げた薫の声が被《かぶ》さる。俺は天井《てんじょう》を仰《あお》ぎ目を回して、この場からいなくなりたい衝動《しょうどう》に駆《か》られた。

『…僕を挑発《ちょうはつ》するつもりなら、もう少しスマートなやり方はできないんですか？ 売られたケンカとはいえ、僕は受けて立ちますよ？ それに、あなたが今すぐ赦《ゆる》しを請《こ》うなら、すぐさま赦せる高潔さも持ち合わせていますし？』

『弱い犬ほどよく吠《ほ》える…さすがポチ…』

しかし薫はアレクが滔々《とうとう》と弁を述べている途中《とちゅう》でくるりと体の向きを元に戻すと、興味ナシ、と言いたげに再び新聞をバサリと広げた。

『シュウジ、大使館の近くに素敵《すてき》なブラスリができたんだよ』

あっさりと無視されたアレクは、しばらくくやしさに顔を歪《ゆが》めていたが、やがて気を取り直してスツールに座ると明るい口調で俺に話しかける。

『へえ。珍《めずら》しいね』

元はビア・ホールの意味だが、最近は気取らないレストランを意味するブラスリは、レストランと違《ちが》って庶民《しょみん》的で、肩肘《かたひじ》張らなくてもいいところが魅力《みりょく》的だ。

十二月も半ばを過ぎた今の季節なら、パリの街では北部の方から運ばれる新鮮《しんせん》な魚介《ぎょかい》類を使った、素材勝負のシンプルな料理がパリ市民達はもちろん、旅行者の舌をも楽しませる。

『ムール貝のマリニエールが最高に美味《おい》しいらしいよ。生牡蠣《なまがき》と白ワインもね』

やっぱり、そうきたか。

ウキウキと話すアレクの表情に反比例して、俺の表情は微妙《びみょう》になる。

カラス貝とも呼ばれるムール貝を、ニンニク、玉ねぎ、バター、そして白ワインで酒蒸《さかむ》ししたワイルド感溢《あふ》れるその料理は、生牡蠣と同じくブラスリでの定番の料理だ。

しかし、その料理がどれだけ美味しいか知っていても、俺は食べる事ができない。

『…どうしてもマリニエールが食べたいなら、他《ほか》の奴《やつ》を誘《さそ》うんだな。修司は斧足《ふそく》類アレルギーだから、貝類を食べるのはご法度《はっと》だ』

どう言ったらアレクを傷つけないかと躊躇《ちゅうちょ》しているうちに、笑いをかみ殺した様子の薫が種明かしをしてしまう。

『えっ、そうなの？』

案の定、アレクはショックを受けたような顔をして、言葉をなくす。シュン、と落ち込んだその姿は、見えない耳と尻尾《しっぽ》がぺたん、と垂れたようだ。

『残念』

ニヤリ、と唇の端を上げた薫に、アレクのこめかみがブチン、と切れた（ように見えた）。

『…毎回毎回、そうやって人の話に割り込んで…！　いくらシュウジの古い友達だからって、やっていい事と悪い事がありますよ？　僕に大切な友達を取られて寂《さび》しいのは分かりますけど、邪魔《じゃま》をするなんて見苦しいと思わないんですか!?』

『邪魔だなんて、人聞きの悪い…何度も言っているだろ？　俺はただ、見極《みきわ》めているだけさ。ポチが、俺の「大切な」友人、修司の恋人に相応《ふさわ》しいかどうかって…な』

「大切な」の単語を殊更《ことさら》強く発音し、薫は形の良い切れ長の目をスッと細めて笑った。

その表情はその昔、剣道《けんどう》の試合の前に、相手を打ち負かす自信がある時（大抵《たいてい》そうだったけれど）に見せるもので。

『ポチって呼ぶな！』

そして予想通り、アレクはまんまと薫の挑発に乗って、見事にポイントがズレた怒《いか》りを噴火《ふんか》させた。

先月から、一体何回この状況《じょうきょう》を見せられたことだろう。

――日本の十一月って、気持ちがいい程《ほど》天気がいいね。

始まりは店を訪れたアレクが、いつもの大型犬を思わせる懐《なつ》っこい笑顔《えがお》を浮《う》かべてそう話し出した事だった。

『恋人になれてうれしい』と満面の笑顔で喜ぶ彼を前に、俺はその無邪気《むじゃき》すぎるほどの優《やさ》しさに罪悪感で一杯《いっぱい》になった。けれど、すべてをなかったことにするには、もう遅《おそ》すぎる。

嘘を隠《かく》す為《ため》に新しい嘘を吐《つ》く――俺のついた数々の嘘はもう、ミルフィーユのように何段もの層になっていっていることだろう。もう誰に何を言ったのかさえ、おぼろげだ。

あくまで嘘を吐き通さなければならない相手は、たった一人だけなのに。

『空は高いし、空気は澄んでいるし…雨の多いパリの十一月とは大違《おおちが》いだよ。知ってる？　この時季にパリに行く留学生や駐在員《ちゅうざいいん》の人たちの間に流行《はや》るノイローゼのこと？』

そんな俺の複雑な心中など知る由《よし》もないアレクは、『パリ症候群《しょうこうぐん》』と呼ばれる、ノイローゼの話題に触《ふ》れる。

『ああ、聞いた事あるよ。真のフランスを知ったと同時にかかる、あれだろ？』

数年前に新聞記事でも紹介《しょうかい》された、『パリ症候群』。

パリにやってきた留学生や駐在員のうち、少なからぬ者が精神に変調をきたすといわれているその病気は、十一月ごろに発症する人が多いのだという。

それは、元々官僚的《かんりようてき》でホスピタリティーに欠けると言われている（もちろん、例外もある）フランス人の愛想《あいそ》のなさに直面した日本人がパニックになっているところへ、毎日陰々滅々《いんいんめつめつ》とした天候の悪さ。

塞《ふさ》ぎ込むな、と言われても無理な話で、よほど精神がタフな人でない限り、部屋に引きこもって悶々《もんもん》としているうちに、完全に鬱《うつ》の状態になってしまう、というものだ。

『でもさ、勝手なイメージを持ってパリに来て、違うって分かった途端落ち込んで、それが原因で病気になりました、って大使館に訴《うった》えに来られても、僕らとしては、「だから何？」って言いたくなるんだよね』

『…国を代表する機関に勤めている人間がそんな事を言うなんて、立派な国際問題だな』

アレクはこの時、店の中にフランス語が分かる人間がいないと思っていたのだろう。けれど日本に対するマイナスな言葉を口にした途端《とたん》、それまでカウンターの端《はし》に座ったまま、こちらを見向きもしなかった男が、鋭《するど》い言葉を投げかけた。

「薫《かおる》、この店にいる時に職業は関係ない。それよりお前、仕事に戻《もど》らなくていいのか？　お前がここに来てから、もう一時間も経《た》ってるぞ」

俺はマズイ展開になったな、と思いながら、一刻も早く薫の注意をアレクから逸《そ》らすために牽制《けんせい》とも取れる厳しい言葉をかける。

「優秀《ゆうしゅう》な人材が戻ってきたから、俺が少々サボっても大丈夫《だいじょうぶ》なんだよ」

薫はのんびりと答えたけれど、アレクに注がれた一瞥《いちべつ》は、恐《おそ》ろしいほどギラついていた。まるで、獲物《えもの》を見つけた鷹《たか》のように。

『シュウジ…？』

『気にしなくていいよ。彼は俺の…その、古い友人なんだ』

困惑《こんわく》気味のアレクに、俺は笑顔で薫の事をひどく大雑把《おおざっぱ》に説明した。まさかこの男から逃《のが》れる為に君に恋人《こいびと》になってもらいました、なんて言える訳がない。

「で？　こいつがお前の新しい『恋人』ってワケか？」

「薫！」

平穏《へいおん》無事にやり過ごそうとした俺の努力も虚《むな》しく、薫はアレクから俺に視線を移す。その目には、この状況を面白《おもしろ》がっているフシがあるが、俺としてはちっとも面白くない。

「…そうだったら、何か問題が？」

『こいつ』呼ばわりされたアレクも、当然のように面白くないようだったらしく、淀《よど》みのない日本語で薫に問いかけた。

「大有りだね。お前が本当に修司を幸せにできるのか、わからないからな。…『友人』として、見極めさせてもらわなきゃ」

そうして、薫の言う『アレクが修司の恋人として相応しいか見極める』日々がスタートした。

「まったく…あまりアレクを挑発するなよ。騒《さわ》ぐと他のお客さんにも迷惑《めいわく》だろ？」

不思議な事に、アレクが店に来る時間が予《あらかじ》めわかっているかのように、アレクが店に来る前に薫は必ずやってくる。

そしてアレクにあれやこれやと進言（苦言？）して、彼の不興を買うのだ。最近ではアレクの方も慣れてきたとはいえ、やはり薫の姿を見ると緊張《きんちょう》しているのが分かる。

「だから他の客にわからないようにフランス語で話しているだろ。それに、騒いでいるのはあっちの方だけど？」

薫はまるで譲歩《じょうほ》してやっている、と言いたげに鼻を鳴らすと、近くの壁《かべ》に凭《もた》れ掛《か》かる。

「そういう問題じゃない。俺は、アレクに意地の悪い事をするなって言っているだけだ」

「『お前の大切な若い恋人』が、『昔の男』の俺に苛《いじ》められているのを、黙《だま》っていられないって？」

薫の、含《ふく》みを持たせたような言い方と強い視線が、隠すことのない、彼の苛立《いらだ》ちとアレクへの嫉妬《しっと》を俺に伝える。

「…そうだ。彼は俺のことをこの上なく大事にしてくれるし…」

俺は薫に背を向けると、彼の視線から逃れようとした。これ以上彼の目を見ていたら、嬉《うれ》しさに舞《ま》い上がるこの気持ちが透《す》けて見えてしまう。

「ふうん…でも、大事にしすぎて、未《いま》だにお前に手も出せてないってわけだろ？」

「…っ！　アレクはお前みたいなケダモノじゃない！」

しかし薫の、あまりにデリカシーのない発言に、俺はもう少しで棚上《たなうえ》のジャムの瓶《びん》を奴に向かって投げつけるところだった。

「シッ！」

「んがっ！」

しかし振《ふ》り返ろうとした俺の背中越《ご》し、いきなり薫の大きな掌《てのひら》が俺の口を塞ぐ。

「外に聞こえる。俺がこの店にいるのがチビにわかったらマズイんだろ？」

「…っ！」

俺達が今いるところは、店で使う小麦粉や砂糖、ミネラルウォーターなどを貯蔵している小さな部屋だった。それは薄《うす》い扉《とびら》一枚隔《へだ》てただけで、店に繋《つな》がっている。

「んぐっ…」

なぜ俺達がこんな狭苦《せまくる》しいところで会話をしているのかというと、午後からアルバイトに来る征也君に薫を会わせたくないからだ。

先程、なかなか帰ろうとしない薫にやきもきした俺は、征也君がお店に現れる直前、薫を貯蔵庫に押し込めた。

「——いらっしゃいませ」

俺が貯蔵庫で在庫整理をしていると信じきっている征也君が、いつもの穏《おだ》やかな声で接客しているのが扉越しに聞こえてくる。

きっと彼は笑顔でお客を迎《むか》えている事だろう。その微笑《びしょう》の裏に、深い悲しみがあることを俺は知っている。そして薫の顔を見たら、その悲しみが溢《あふ》れ出てくるだろうことも。

薫自身に征也君を悲しませる原因はない。彼の悲しみは、薫が現れた事によって、征也君の許《もと》を去らざるを得なくなった雅孝へと繋がっているのだ。

先月の、俺や雅孝、征也君の今までの生活を引っ繰《く》り返すかのような出来事。特に征也君にとっては、相当なショックだっただろう。

長い間、征也君が信じていた雅孝は『父親の元教え子』であり、『自分を大切にしてくれている家族のような存在』だった。

それが、『大企業《だいきぎょう》の次期総帥《そうすい》』、『父親との長年の不和のせいで、過去に背を向けた男』という真実を突然《とつぜん》突きつけられても、すぐに理解できないはずだ。

雅孝の秘密をどこから知ったのか、征也君は薫が雅孝に会いに行った日の午後、俺の所にやってきて、丁度居合わせた薫に、見たことのない激しい口調で向かっていった。

それは征也君が雅孝の事を深く想《おも》っているという証拠《しょうこ》に他《ほか》ならなかったが、次の日の早朝、雅孝は俺を訪ねてきて、秋吉グループに戻る事を告げた。

二人がどういう話し合いをした結果、別離《べつり》を決めたのかはわからない。しかし『征也さんをよろしく頼《たの》む』と、一睡《いっすい》もしていないとわかる目で、雅孝は俺に頼んだ。

頼まれた側の俺は正直なところ、征也君が俺を頼《たよ》って、再び店に現れることはないと思っていた。

俺は、雅孝が己《おのれ》の素性《すじょう》を征也君に隠《かく》している事に対して心の中で疑問視しながらも、敢《あ》えて話すようなことは避《さ》けていた。それは結果的に、俺も彼を騙《だま》していたようなもので、長らく彼の傍《そば》にいた俺の裏切りにも似た行為《こうい》に、もう俺の顔も見たくないと、彼が思うことは覚悟《かくご》していたから。

けれど雅孝が俺に会いに来た日の午後、征也君は店にやってきた。少し蒼《あお》ざめた顔に、それでも柔《やわ》らかな微笑を浮《う》かべて。

『修司さん。僕…この店でまだ働いてもいいですか？』

征也君もまた、一睡もしていない、兎《うさぎ》のような赤い目をしていた。それは寝不足《ねぶそく》の為《ため》だけではなく、彼が一晩中泣き続けたことを意味していて。

『すみません…花粉症《かふんしょう》で目が痒《かゆ》くて…ずっと擦《こす》っていたら、こんなに腫《は》れちゃって…』

それでも征也君はヘタな嘘《うそ》をついてまで腫れた目を隠そうとした。その健気《けなげ》さに、俺は堪《たま》らず彼を抱《だ》きしめた。

『征也君…先生も言っていただろう？「泣くべき時に泣かないと、心が死んでしまう」んだよ？』

『…修司さん…』

最初身を硬《かた》くしていた彼も、亡き父親が生前に言っていた言葉を聞くと、力を抜《ぬ》いた。

あの時、俺の胸の中で声もなく泣いていた征也君を思い出すにつけ、俺は、突然襲《とつぜんおそ》い掛《か》かってきた運命を呪《のろ》いたくなるんだ──

「…？」

棚に体を向けたまま、そんなことをつらつらと考えていた俺は、何かがモゾモゾと体を撫《な》でている感触《かんしょく》に気がついた。

「おい、何して…！」

俺の口を塞《ふさ》いでいた薫の掌はいつの間にか外され、あろうことかトラウザーズから引き抜かれた俺のシャツの裾《すそ》から中へと侵入《しんにゅう》していた。

「何って…お前がこんなとこに連れ込んだんだろうが。誘《さそ》われたらちゃんと受けるのが男ってモンだ」

「誘ってなんかない！　ちょっ、何するんだよ！」

俺は外に聞こえない最大限の音量で薫を怒鳴《どな》りつけると、身を捩《よじ》って逃《に》げようとしたが、強い力で押さえ込まれ、そのまま彼の腕《うで》の中に背中から閉じ込められてしまう。

「静かにしろよ。…こんなとこ、見られたくないだろ?」

「薫! やめっ…あっ……!」

わき腹の辺りから這《は》い上がってきた手が、胃の辺りの素肌《すはだ》を撫で上げた。

俺はゾクリと肌《はだ》を粟立《あわだ》たせながらも、必死にその手をどかそうとしたが、胸の飾《かざ》りを妖《あや》しく刺激されて、あっさりと陥落《かんらく》してしまう。

「お前のイイ所は…ここと…ここ…」

「…てめ…っ…ん…はっ…ぁ…」

このセクハラ野郎《やろう》! と怒鳴りつけたい気持ちで一杯《いっぱい》なのに、後ろから乳首《ちくび》を愛撫《あいぶ》され、うなじに口付けが落とされると、俺の体は心とは裏腹に反応し始める。

「ほら、立ち上がってきたぞ…」

「ひっ…ん…」

くるくると回すように掌で撫で上げられた乳首はあっという間にしこって、硬く立ち上がってくる。そして薫の意地悪な指先がその粒《つぶ》を摘まみ、くにくにと揉《も》みしだくと、俺の唇《くちびる》からあられもない喘《あえ》ぎ声が漏《も》れ出した。

「ふっ…あっ…ぁ…」

そのまま両方の胸の粒を順に捏《こ》ね回されて、俺の息はますます上がる。次第《しだい》に窮屈《きゅうくつ》になってきた下半身の存在に焦《あせ》りを感じながらも実際は、腰《こし》を軽く揺《ゆ》らめかせている状態で。

「修司。相変わらず感度がいいな…こっちは…？」

「んんっ…やっ…だ…」

まるでエロ親父《おやじ》のようなセリフを吐《は》くと薫は、素早い動きで俺のトラウザーズのボタンを外し、フロントのファスナーを下ろす。下着の中に侵入してきた手にペニスを握《にぎ》られた俺は、強い快感にビクン、と体を引きつらせた。

「やだって…こんなに反応してるのにか？」

フッ、と含み笑《わら》いと共に、薫の吐息《といき》が俺の耳をくすぐる。そのまま耳朶《みみたぶ》の後ろに強く唇を押し付けたまま、薫は俺のペニスを上下に緩《ゆる》く、すぐさま速く扱《しご》いた。

「くっ…うぅ…ん…」

彼の施《ほどこ》す愛撫はまるで即効《そっこう》性の媚薬《びやく》のように、俺の快楽を簡単に引き出したが、その後はゆるゆると筒《つつ》を撫で擦《さす》るだけで、強い刺激《しげき》を与《あた》えてくれない。

「んぅ…あっ…ぁ…っ…」

わざとポイントをずらして熱を上げさせるだけのようなそのやり方に、俺は固く目を瞑《つぶ》り、ふるふると首を横に振《ふ》った。歯を食いしばっていないと、世にも恥《は》ずかしい言葉で懇願《こんがん》してしまいそうだ。

「『イカせて欲しい』…そう言えばいい。…俺は優《やさ》しいから、言えばお前の望むとおりにしてやるよ…」

俺の心を読み取るように、薫は、この上なくセクシーな艶《なま》めいた声色《こわいろ》で俺を誘惑《ゆうわく》する。蜜《みつ》を滴《したた》らせている俺のペニスの先端《せんたん》を、親指の爪《つめ》で軽く引っ掻《か》き、ギリギリの刺激を与えながら。

「ぐっ……ん……うぅ……ん……」

イキたい。でも、死んでもそんな言葉を言いたくはない。

散らばった理性の欠片《かけら》を必死でかき集め、俺は首を振り続ける。

「意地っ張りなのは、相変わらずだな……」

「……あ……！……ひぃ……っ……ん っ！」

ふう、とため息をついた薫が、俺の体を突然《とつぜん》ひっくり返し、近くの壁《かべ》へと背をあずけるようにして座らせた。そして息つく暇《ひま》もない程早急《ほどそうきゅう》に俺のペニスを銜《くわ》えたから、俺はパニックのあまりガン、と壁に後頭部をぶつけてしまった。

「——修司さん？　大丈夫《だいじょうぶ》ですか？」

大きな物音に、何事かと心配した征也君が、扉の前から声をかけてくる。俺は途端《とたん》に夢から醒《さ》めたように、今までの朦朧《もうろう》とした世界から現実へと呼び戻《もど》された。

「だ、大丈夫っ！　大丈夫だから！」

必死で平静を装おうと努めたが、少し裏返った声に焦ってしまう。しかし、そうですか、と征也君が納得《なっとく》したように扉から立ち去る気配がした。

「ぶっ……くく……」

俺の焦った行動がツボに入ったのか、薫は銜えていたペニスを離《はな》す勢いで吹《ふ》き出し、肩《かた》を震《ふる》わせて笑う。

「てめ、薫…っ…ん…ぁ！」

そんな様子を見て俺はカッとなり、拳《こぶし》を彼の頭に振り下ろそうとしたが、すぐさま開始された彼の舌の動きのせいで、握っていた指先から急速に力が抜ける。

「んんっ…ふ…ぅん…」

薫の熱い口腔内で扱かれた俺のペニスは、さっきより大きくその存在感を増し、双球《そうきゅう》を優しく揉まれながらの擦《こす》り上げは、俺の意識を白く掠《かす》めさせていく。

「ほら、修司…イケよ」

ぴちゃ、と薫の舌がペニスの先端を舐《な》め上げ、尖《とが》らせた舌先で蜜が溢《あふ》れ出てくるポイントをぐりっと突《つ》かれると、俺の目の前で光が爆《は》ぜる。

「…ぐぅっ…んっ…!!」

必死で両手を蓋《ふた》代わりにして、喘ぎ声を押し殺《ころ》す。そのかわりに俺の体は強い快感にしなり、上下に揺れた。

「ん…」

ごくり、と喉《のど》を鳴らして、薫が俺の吐き出した蜜を嚥下《えんか》する。俺はぐったりと壁に凭《もた》れかかり、シャツの前をはだけさせたまま、息の上がった肩を揺らしていた。

「修司……」

体を起こした薫はそのまま俺の腕を引き、その逞《たくま》しい体軀《たいく》の中に俺の体をすっぽり包むと、俺の頰《ほお》を手の甲《こう》で撫でながらこめかみに口付けた。

ドクドクと薫の心臓が脈打っているのが、彼の着ている、肌触《はだざわ》りの良いヘリンボーンのシャツ越《ご》しに伝わってくる。その少し早い鼓動《こどう》に耳をすませながら、俺の心は安堵《あんど》に満《み》ち溢れていた。

彼の腕の中にいる。こんなにも心地《ここち》よくて、愛《いと》しい空間に。

それが、後で自己嫌悪《けんお》に苛《さいな》まれるものだとしても、俺は身を寄せずにはいられない。

「寒いのか？」

ぶるり、と身を震わせた俺の体を、薫が一層強い力で抱きしめてくれる。

その震えは、かいた汗《あせ》が冷えたためなのか、己《おのれ》の浅ましさに嫌悪を抱《いだ》いたためなのか。そのどちらなのかわからずに、俺はそのままじっと彼の腕の中にいた。

もう少しだけ、彼の温度に浸《ひた》っていたかった。

「……さむ」

悪寒《おかん》で目が覚めるなんて、ここ何年もなかったことだ。

俺は何とか体を起こそうとしたが力が入らず、上げた腕は空しく羽根布団《ぶとん》の上にポスン、と落ちる。

「…こういうの、何ていうんだっけ…?…ああ…『身から出た垢《あか》』…違《ちが》うな…何だっけ?」

俺はズキズキと痛み出してきた頭で、昔習ったことわざを思い出そうとした。

昨日、薫にセクハラまがいの事をされた後、接客をしている征也君の隙《すき》を窺《うかが》い、薫を何とか店から追い出すことに成功した。

俺は顔を洗ってから店に出ようとしたが、鏡に映った己の姿に仰天《ぎょうてん》してしまった。

頬全体は火照《ほて》ったように紅く、目はとろん、としていかにも『今までヤッてました』と言わんばかりの空気を醸《かも》し出していたから。

慌《あわ》てた俺がすぐさましたことは、洗面所で冷水に頭ごと突っ込む、ということで。

冬も本格的になってきたこの時季に、そんな酔狂《すいきょう》な事をしたのがいけなかったらしい。濡《ぬ》れた髪《かみ》をろくすっぽ乾《かわ》かしもせずにそのまま店に出た俺は、まんまと風邪《かぜ》を引いてしまったというわけだ。

「うー…でも今日は何としても…起きないと…」

毎週土曜日の午後は、ワイン教室が催《もよお》される日。

特に今日はクリスマス前という事もあって、授業の後小さなパーティを開く予定だった。みんなが楽しみにしている会でもあるし、そんな日に失礼があっては、俺は教室主催者《しゅさいしゃ》として失格だ。

「…ん？」

俺が無理してでも起きようと体に力をいれたその時、ぼんやりした意識に、微《かす》かに響《ひび》く携帯《けいたい》電話の着信音が聞こえてくる。

俺は上半身をじりじりと滑《すべ》らせ、ベッドサイドのテーブルへと腕《うで》を伸《の》ばした。

「…っ…たっ…！」

しかし体の節々が痛んで、思うように体が動かず、情けない事に携帯を摑《つか》んだところで俺の体はそのまま床《ゆか》へ落っこちてしまった。

「…もしもし？」

『修司？…何だお前、その声』

今一番声を聞きたくない相手だ。

相手が誰なのか確かめずに、そのまま通話のボタンを押した俺は、スピーカーから聞こえてきた声に絶望したように目を瞑り、ごろり、と床の上で寝返《ねがえ》りを打った。

『修司？　おい、修司！』

「…聞こえてる。あと、大声で話すな。頭に響く」

朝の冷気に当てられてゾクリと背筋が震えるのに、冷たい木の床の感触《かんしょく》が、燃えるように熱い頬には心地いい。

『風邪だな』

「…うるさい。お前が昨日あんなことしたせいだぞ」

断定の口調で言われ、カチンときた俺はつい、余計な事を口走ってしまう。

『あんなことって、どんなことだ？』

「うっさい！　まぜっかえすな！…ゲホッ、ゲホゲホッ！」

薫が意地悪く聞き返すのにブチン、と堪忍袋《かんにんぶくろ》の緒《お》が切れた俺は、後先考えずに怒鳴《どな》り返し、結果、盛大な咳《せき》が迸《ほとばし》る。

『…とにかく、安静にしとけ。今日は土曜だし、後で行くから』

呆《あき》れたような、けれど当然とも言うような薫の言葉に、火事場のバカ力、としかいいようのない気力が俺の体を駆《か》け巡《めぐ》った。

「来なくていい！」

気が付くと俺は起き上がりこぼしのようにぴょこん、と飛び上がると、携帯に向かって思い切り拒絶《きよぜつ》の言葉をぶつけていた。

確かに俺は風邪を引いている。けれど看病なんて、そんな事をしてもらうのは気が引けるし、それが薫なら尚《なお》一層のことごめんだ。

『熱は？　測ったのか？』

「ないない！　まったくない！　いいか？　今日だけは店に来るなよ？　ただでさえ今日は大

変…いや、何でもない！」

また余計な事を言いそうになって俺は慌てて言葉を切ると、通話終了ボタンを押す。そして取りあえずふらつく足元を叱咤《しった》しながら、店を開ける準備に取り掛《か》かった。

「…修司さん、どうしたんですか？」

征也君は店に入ってきた途端《とたん》、俺の顔を見て、まだ少年らしさを残す口元をポカンと開けた。

最近、生徒数が多くなってきたワイン教室の準備は俺一人では大変だろうと、毎回征也君が手伝いに来てくれるのは本当にありがたい。

高校三年の二学期も終わりに近付き、付属の大学へと進学を決めている征也君は、今日は午前中まで学校に行って、その足で店に来てくれたのだ。

「え？　何？」

「何って、顔色！　なんかおかしいですけど？」

鞄《かばん》とPコートを置いた彼は、慌てた様子で俺に近付いてくるが、それは予想した通りの反応だった。俺は、彼に洗ったばかりのギャルソンエプロンを手渡《てわた》しながら、彼を安心させるように微笑《ほほえ》んだ。

「あー、大丈夫《だいじょうぶ》。ちょっと風邪《かぜ》気味なだけ。でもさっきコレ、飲んだから。…で、さっそくだけどそこのカナッペとフルーツ、テーブルに並べてくれる？」

「あ、はい」

俺は市販《しはん》の薬の箱を持ち上げ、征也くんに平気だとアピールした。征也君は少し納得《なっとく》がいかないような表情をしていたが、俺の指示にすぐさま動いてくれる。

先程《さきほど》飲んだ解熱剤《げねつざい》がこのまま効いてくれれば、問題はないはずだ。

熱で痛む節々を何とかごまかしつつ、俺は征也君と、ワイングラスやオードブルなどをテーブルにセッティングしていたが、気力だけで物事を遂行《すいこう》するには限界があった。

時間を追うごとに額には妙《みょう》な脂汗《あぶらあせ》が浮かんでくるし、ふと見た鏡に映る顔は、青さを通り越《こ》して白くなりつつある。

それでも、もう少し頑張《がんば》れば何とかなる。

そう思っていた矢先、俺の目の前は何だかゆっくりと円を描《えが》くように回りだした。

「修司さん！」

グラリ、と体が傾《かたむ》くのを感じ、征也くんが俺の名前を叫《さけ》んだのが聞こえる。

「…お前は、倒《たお》れるまでがんばろうとする」

そのまま床に叩《たた》きつけられるはずだった俺の体は、ふいに現れた長い腕に支えられ、そのましっかりと抱《だ》きかかえられた。

「かお…る…？」

見上げた先には、ぼんやりと霞《かす》む視界にもわかる端整《たんせい》な顔。休日のせいか薫はスーツ姿ではなく、ライトグレーのフード付きブルゾンにデニムを合わせたスポーツテイストな出でたちで、それはスタイルのいい彼にとても似合っていた。

薫はすぐさま俺の額に手を当てると、驚愕《きょうがく》、といった感じで手を離《はな》す。

「…何度だった？」

なぜここに？　と続けるはずだった俺の言葉は、薫の、どこか凄《すご》みのある言葉に飲み込まれてしまう。

「八度…いや、九度七分…」

熱が何度だったのか、と問われた俺は、咄嗟《とっさ》に一度低く言おうとしたが、すぐさまギロリと薫に睨《にら》まれる。完全に嘘《うそ》を見透《みす》かされていて、俺は起きた時に測った体温を素直《すなお》に申告《しんこく》した。

もしかしたら、今はもう少し上がっているかもしれないが。

「九度七分!?　修司さん、だめだよ！　寝《ね》てなきゃ！」

駆け寄ってきた征也君は、薫の登場より、俺の熱の高さに驚《おどろ》いたようだった。

「大丈夫だよ…少し立ちくらみがしただけだから…」

チラリと時計を見ると午後二時二十分前。そろそろ生徒さんたちが到着《とうちゃく》する時間だ。俺は薫の腕を振《ふ》り解《ほど》いて、立ち上がろうとした。

「今日は何があるんだ？」

しかしグイ、と腕を再び引かれ、ふらつく俺の体はまたもやあっけなく薫の腕の中に落ちる。

「…お前には関係ない。…っ!?」

「意地っ張りだな、お前は」

昨日も聞いたような言葉と共に、薫はひょい、と俺の膝《ひざ》を掬《すく》うと、横抱きに体を抱《かか》え上げた。

「降ろせよ！…わっ！」

最初、突然《とつぜん》の事に面食《めんく》らった俺はジタバタともがいたが、急に薫が抱く力を緩《ゆる》めたせいで、俺は咄嗟に薫の首にしがみついてしまう。

「落ちたくなかったら、そうしとけ。…チビ、悪いがそこのドアを開けてくれないか？」

「は、はい！」

征也君はすぐさま店の奥にあるドアを開け、俺を抱いた薫を通す手伝いをする。薫は勝手知ったる何とやら、といった風に迷うことなく俺を二階へと運んで行った。

「予感的中だ」

「おい！　何すんだ！」

無理矢理ベッドに寝かされた俺は、続いてシャツのボタンを外していく薫にギョッとなる。

「ただの風邪《かぜ》だ。寝込むほどじゃない」

思わず飛び起きようとした俺に、薫の鋭《するど》い声が飛ぶ。

「…修司、お前、何度同じ事をしたら気が済むんだ？　ただの風邪だって油断して、大学の時みたいに肺炎《はいえん》を起こすハメになったら、どうするんだ？」

四回生の時、卒論の〆切りに追われていた俺は、今と同じように風邪を引いた。そして薫が寝ろと言うのも聞かず、そのまま無理をして卒論制作を続けた俺は、レジュメを教授に提出した夜、ぶっ倒れてしまったのだ。

幸い、（その時も薫が病院まで車で運んでくれた）大事には至らなかったが、もう少し病院に行くのが遅《おそ》かったら、肺炎を起こして危なかったらしい。

「…っ…わかってる。でも、今日は大事な…」

「命以上に、大事なものなんてない。修司、どうしてもお前が起きて仕事をするっていうのなら…俺にも考えがあるけど？」

この期《ご》に及《およ》んでまだ抵抗《ていこう》しようとした俺に、薫は組んでいた腕《うで》をほどき、右手の親指で下唇《したくちびる》をなぞった。

その仕草に覚えのある俺は、ギクリと体を硬直《こうちょく》させた。こういうときの薫は、とんでもない提案をするのが常だ。

主に、ベッドの中で。

「…お前が大人しく寝ないって言うなら、今から足腰《あしこし》立たないくらいまでお前を抱くぞ。…そうしたら疲《つか》れて大人しくなるだろう？」

「…！」

薫は片膝《かたひざ》でベッドに乗り上げ、逃《に》げようとする俺の腰を捕《つか》まえると頬《ほお》から顎《あご》のラインを唇で撫《な》でながら耳元で囁《ささや》いた。

脅《おど》しじゃなく、本気だ。

「わ、わかった！　大人しく寝る！　だから……！」

疲れて寝る＝失神するまでヤる。その構図が頭に浮かんだ俺は、ゾクリと背筋が凍《こお》った。それは薫の官能的な口付けのせいよりも、恐怖《きょうふ》に戦《おのの》いた気持ちの比率が高い。

「じゃ、まずは着替《きが》えだ」

薫は満足したようにニヤリと笑って俺の額にキスを落とすと、クローゼットからパジャマを取り出し、手早く俺を着替えさす。そしてクローゼットの棚《たな》にしまわれていた羽根枕《まくら》を二つ取り出すと、使っている枕と共に頭の周りに配置した。

「大人しく寝とけよ」

最後の仕上げに、俺の頭を子供にするみたいに優《やさ》しく撫で、乱れた前髪《まえがみ》を手櫛《てぐし》で梳《す》いてから、薫は部屋を出て行った。

「最悪だ…」

俺は呆然《ぼうぜん》と彼の出て行ったドアを見つめ、ボフン、とふかふかの枕の海に頭を沈《しず》めた。

「修司さん、起きられますか？」

「ん…。あ、征也君…」

いつの間にかトロトロと寝ていた俺は、この上なくいい匂《にお》いに目が覚めた。見ると、トレイを持った征也くんが、部屋に入ってきたところだった。

「少し空気の入れ替《か》えをしますね」

ベッドサイドのテーブルにトレイを置いて、彼は窓を少し開ける。ひんやりとした夕暮れの空気が、淀《よど》んだ室内を洗い流していくようだった。

「これ…征也くんが？」

トレイに乗せられたホウロウ鍋《なべ》の中身を見て、俺は驚いた。

仄《ほの》かに香《かお》るのは白ワインのそれで、鍋の中に飴色《あめいろ》に輝《かがや》く煮《に》リンゴがトロリと横たわっている。それは風邪を引いた時に、いつもばあちゃんがつくってくれたものだが、食欲のない時でも、これなら不思議と食べられた。

「いえ、僕が作ったんじゃありません。九条さんが…」

「薫が？」

振り返った征也君は、そう言いながら鍋のリンゴをデザートボウルに入れ、上半身を起こした俺へフォークと共に渡《わた》してくれる。

「教室はどうなったのかな？」

後で謝罪の電話をしないと…と呟《つぶや》いた俺に、征也君は心配御無用、と胸を張る。

「ワイン教室のことなら、安心して下さい。九条さんが代理で授業をしてくれたんですよ。九条さんもソムリエの資格をもっているんですね！　生徒の皆《みな》さん、修司さんの具合、とても心配されていました」

元々ワインに強い興味を持っていたのは薫の方だった。一緒《いっしょ》になって勉強しているうちに何となく俺もソムリエ試験を受けただけで。

それに人に教えるのが上手《うま》い薫のことだ。今日の講義は俺がするより何倍もいい授業だったに違《ちが》いない。

「修司さんの授業もすごく楽しいですけど、九条さんの授業は、何て言うか…傍《そば》で見ててすごく勉強になりました！」

征也君は少し興奮したようにそう言いながら、目を輝かしている。

薫を見て動揺《どうよう》すると思った俺の予想は大きく外れていたというわけだ。

「そう…で、薫は？」

教室の事と征也君の事。二つのことに安堵《あんど》の息を吐《つ》いた俺は、デザートボウルの中のリンゴをすくって口に運ぶ。何ともいえない滑《なめ》らかな舌触《したざわ》りのリンゴが、付け合わせに乗せられたバニラアイスと共に、俺の喉《のど》をするりと通り抜《ぬ》けていく。

「呼んだか？」

いつからいたのか、征也君の後ろから現れた薫に、俺はびっくりして危《あや》うくデザートボウルを落としそうになった。

食べているものがコンポートでよかった。もし普通《ふつう》のリンゴなら、それは喉に詰《つ》まって、俺の命を奪《うば》いかねなかった。

「熱は…？　まだ少しあるな？」

征也君の隣《となり》まで来た薫は、いきなりベッドに片膝で乗り上げると、あろうことか自身の額を俺の額にくっつけ、熱を測る。

「あの…僕、お店にいますから」

ふと視線が、目を丸くして俺達を凝視《ぎょうし》していた征也君のものと合う。その途端《とたん》彼は、慌《あわ》ててそう言うと部屋から出て行った。

何てことだ！　こんな恥《は》ずかしい姿を征也君に見られるなんて！

動揺した俺は、今度こそデザートボウルを取り落としてしまう。ガラン、という音に、何やってんだよ、と床《ゆか》に落ちたボウルと中身を片付けるため、ようやく薫がベッドから離《はな》れていってくれた。

俺の方はといえば心臓はバクバクと高鳴り、熱が一、二度上昇《じょうしょう》したくらい、顔が熱い。

「うぁー…」

今度征也君と会った時、どんな顔をすればいいのだろう？

俺は恥ずかしさに呻《うめ》いて、クラクラしてくる頭を支えるために額へと手をやった。

「頭が痛いのか？　ほら、横になれ」

手早く片づけを終えて立ち上がった薫は、額に手を当てたまま唸《うな》っていた俺を、気分が悪いと勘違《かんちが》いしたらしい。俺の肩《かた》をやんわりと押してベッドへ寝《ね》かせると、布団《ふとん》をかけなおした。

「寝付くまで、傍《そば》にいるから」

熱のせいか、薫が触《ふ》れる指先が冷たくて気持ちいい。ヒヤリとしたその指で、髪を撫でる掌《てのひら》が頬を滑《すべ》り、俺はもう少しで泣き出してしまいそうだった。

一人で肩肘張《かたひじは》って、そのくせ、ここぞという時にどうにもならなくて、結局いつも薫に助けられて。

薫がいなきゃ、やっぱりお前はだめなんだ。

そう誰かに言われたような気がして、俺はどうしようもない悔《くや》しさに襲《おそ》われる。

悔しいのは、一人で何もできない自分を情けないと思うのと同時に、まだこんなにも薫の存在を欲《ほっ》している自分がいることを思い知らされたからだ。

風邪《かぜ》を引いた時に俺が欲しいもの――リンゴの白ワイン煮と、三つの羽根枕。そして優しく頬を撫でる掌――そのすべてを何も言わなくてもくれる薫に、俺は安心と、この上ない幸せを感じずにいられない。

「修司、薬…」

「ん…ぅ…」

近所の内科医院の名前がプリントされた袋《ふくろ》から、解熱剤《げねつざい》と思《おぼ》しき薬が取り出され、薫の手が俺の口へとそれを含《ふく》ませた後、口移しに水を飲まされる。

コクン、と薬を嚥下《えんか》した後、上手《うま》く飲み込めなかった水が俺の唇から顎にかけて流れ落ちた。

「薫…だめ、だ…伝染《うつ》、る…ん…ぁ…」

飲み終わった後も唇は離れていかず、そのままキスを深くする薫に、俺の口から出たのは、キス自体を拒《こば》む言葉ではなく、風邪が伝染ったらいけない、というもので。

「あ、ん…んぅ…ん…」

だめだ、と首を振《ふ》る俺の頬を両手で挟《はさ》んで固定した薫は、唇だけじゃなく、顎や頰、こめかみにもキスを落とす。そのキス一つ一つが麻酔《ますい》のようで、俺は頭の芯《しん》からぼぅっとなってしまう。

流されちゃだめだ。薫の将来にとって、俺の存在は邪魔《じゃま》なだけなのだから…！

キスに酔《よ》いしれながらも俺の脳裏《のうり》には、その言葉が警鐘《けいしょう》のように鳴り響《ひび》く。

俺なんかに構ってないで、彼の子供を産める女性と早く結婚《けっこん》した方がいい。その方が薫は幸せになれるんだ…。

真夜中にまた熱が上がってきた俺は、高熱に浮《う》かされながら、遠くで薫が呟く声を耳にしたような気がした。

——それが、お前の隠《かく》していた事なのか？

けれど、それが現実なのかさえ分からないまま、俺は深い眠《ねむ》りに落ちていった。

第六章

『元気になってよかった！　もう平気？』

『うん。大丈夫』

週末、風邪を引いて寝込んでいた顚末《てんまつ》（薫との一件は敢《あ》えて伏せた）を俺が語ると、アレクはカウンターから身を乗り出さんばかりに驚いていた。

『土曜日の夜、ユキヤにシュウジが寝込んでいるって聞かされた時は、すごく心配したんだよ！　僕、すごくシュウジの看病がしたかったのに、ユキヤに強く止められて…』

午前中、学校に行っている征也君はお店にいないので、お昼に店に来たアレクは、土曜日に征也君から受けた仕打ちをやや恨んでいるかのように、俺に訴えた。

『いや、征也君には俺がそう頼んだんだよ。伝染ったら大変だし』

アレクが店に来たことは、昨日、お礼を兼ねて掛けた電話で征也君から聞かされていた。

土曜日の夜――その時、俺の意識は一番朦朧《もうろう》としていたし、何より俺の部屋には薫がいたわけで。

もしアレクが部屋に来ていたら、相当な修羅場《しゅらば》になっていたであろう事を想像し、俺は機転を利《き》かせてくれた征也君に心から感謝した。

『…それよりアレク、いつからクリスマス休暇《きゅうか》に入るんだ？　フランスに帰るんだろう？』

あまり風邪の話を長引かせたくなかった俺は、すばやく話題を変え、それは見事に成功した。

『去年の今頃《いまごろ》は休みに入っていたよ。…でも今年は君と日本式のクリスマスを過ごしたかったから、帰国を少しズラしたんだ。どうせ帰っても両親は南仏の祖父母のところにいるだろうし、新年はパリにいる友人達と会う約束になっているからね』

最近は変わってきているのかもしれないが、フランスのクリスマスは、家族で夕食を摂《と》った後、教会に行くという、日本やアメリカのそれと比べれば割と地味なものだ。

その代わり盛大なのは十二月三十一日。日本では大晦日《おおみそか》に当たるその日、街は真夜中まで人々でごった返し、年が変わる瞬間《しゅんかん》がクライマックス。その場に居合わせた人が、たとえ他人同士でもキスをして新年を祝い、お昼過ぎまで眠った後、プレゼントを交換《こうかん》するのだ。

俺はアレクの話を笑顔《えがお》で聞きつつも、チラリと視線を動かし、カウンターのいつもの席に座った薫を見やる。

風邪で倒《たお》れた週末、泊《と》まり込みで俺の看病をしてくれた薫は、月曜日の朝、俺が目を覚ますと姿を消していた。

それから俺は薫の出社時間を見計らって、彼に風邪が伝染っていないかと、会社に電話をかけた。

しかし電話に出た女性は、俺にディズニー映画のテーマソングを何コーラスも聞かせた挙げ句、『九条は外出しております』とだけ伝えてきた。

薫の秘書は、北極にでも行っているのか？　外出の一言を言う為《ため》に何分かかっているんだ？　と憤《いきどお》るも、居留守を使われたのかも…と考えて落ち込んだ。

そして、つまらない事を考えるのはよそう、と思った火曜日の今日、薫の奴《やつ》は何事もなかったかのような顔をして店に現れたのだ。

薫がこの店に来る時は大抵《たいてい》そうしているように、今も新聞を読んでいる。俺は薫の様子を気にしながらも、アレクの手前、話しかけられずにいた。

看病してくれたお礼を言う事はもちろん、真夜中に聞いた言葉についても聞きたいのに…。

『でも、困った事にクリスマスに行きたいな、って思っていたお店、予約が一杯《いっぱい》で取れなかったんだ。…すごく好きな店だから、シュウジとすごく行きたかったんだけど』

『アレクが好きな店？』

『聞いたことないかな？「Ｖｉｏｌａ」っていう、二年前にオープンしたイタリアンの店。去年ニューヨークにできた店の方も人気があるけど、日本のはそれ以上だね！　半年先まで予約が一杯なんだってさ』

アレクが言った店の名前は、世情に疎《うと》い俺でさえも聞いたことのある、イタリアンの有名店だった。

イタリア語で「紫色《むらさきいろ》」を意味するその店は、最近ニューヨークにも出店したそうで、モデルや芸能人がお忍《しの》びで訪《おとず》れてはパーティを開くという、セレブスポットだった。

流行に敏感《びんかん》な日本人がクリスマス・イヴに殺到《さっとう》するのは必然の事で、予約が取れなくてくやしがるアレクのような人が、他《ほか》にも大勢いるに違《ちが》いない。

『…そこなら予約、取れないこともないけど？』

アレクが何!? とばかりに振り返ると、薫が、新聞越《ご》しに俺達の方を見ていた。

『ほんとに？』

いつもなら話に割って入られるのを嫌《いや》がるアレクが、ガバリと薫の方へ体を向け、期待に目をらんらんと輝《かがや》かせている。

『ああ、ちょっとしたツテがあるから、何とかなるだろう。まあ、今までさんざん意地の悪い事を言い続けたからな。…お詫《わ》びのようなもんだ』

『ありがとう、クジョー。シュウジ、楽しみだね！』

どうなってんだ!?

和気あいあいと話している二人の様子に、俺は言葉にできない叫《さけ》び声をあげた。

何なんだ、薫の奴？ 急に俺とアレクへ親切な態度を取るなんて、どういう風の吹《ふ》き回しなんだろう？

俺は何か面倒《めんどう》くさいことが起こるような予感がしてしょうがない。

「…じゃ、俺はこれで」

アレクに向かって微笑《ほほえ》んだ（！）薫は、ふいに俺の方へ視線を流す。どこか意味ありげなその視線に俺は口を開きかけたが、それをかわすように薫は、そのまま席を立って店を出て行った。

『…おっと、僕も裁判所に行く時間だ。じゃ、シュウジ、二十四日は空けておいてね』

薫がカウンターに置いていった代金を手に取った俺の横で、腕時計《うでどけい》を見たアレクもスツールから立ち上がる。そして俺の頬《ほお》にキスをすると、満面の笑顔で仕事に戻《もど》っていった。

「ああ…」

ぼんやりと声を出して頷《うなず》いた俺だったが、既《すで》にアレクは出て行った後で、それはひどく間抜《まぬ》けな独り言のようだった。

フロントは、クリスマス・イヴを過ごす恋人《こいびと》達や、友人同士でパーティを開く人々の予約確《かく》認《にん》でごった返していた。

しかしクリスマス時期にありがちな、忙《いそが》しさのあまりにゲストをぞんざいに扱《あつか》う店とは違い、フロントのスタッフは洗練された対応で混乱を見事に回避《かいひ》していた。

店の中に足を踏《ふ》み入れると、先《ま》ず目に入るのが中央にそびえる大きな階段。

三十年代のシアターレストラン風なグランドフロアには、長方形のテーブルが並び、壁《かべ》に設置された照明の柔《やわ》らかな光が、磨《みが》き抜《ぬ》かれたレッドウッドの床《ゆか》に落ちている。

吹き抜けになった天井《てんじょう》の贅沢《ぜいたく》な空間や、クラシックでゴージャスな店の雰囲気《ふんいき》に圧倒《あっとう》される
が、店内を流れるジャジーな音楽が心地《ここち》よく、訪れる人の緊張《きんちょう》を次第《しだい》に解きほぐしていく。
『クジョーにお礼を言わなきゃ。この感じ…すごく気に入ったよ』
アレクもそう感じたらしく、案内された三階——吹き抜けをぐるりと囲む造りのそこは、一
階のフロアを見下ろすことができ、特別なゲストでなければ入れないらしい——へ向かうエレ
ベーターの中、上機嫌《じょうきげん》で薫への感謝の言葉を述べていた。
しかしその笑顔は、エレベーターから降りた途端《とたん》、凍《こお》りつく。
『遅《おそ》かったな』
なんとエレベーターホール前に薫が座っていた。すぐ隣《となり》にあるバーカウンターでオーダーし
たのか、ライムを浮かべたジントニックらしきグラスを持ち上げるその姿は、周りにいた他の
客達を次々と振《ふ》り返らせた。恋人と来ている女性さえも。
『…ちょっと、一体どういうつもりですか⁉』
そしてアレクへも、薫に向けられているのと同じ視線が注がれているのがわかる。しかしア
レクはそれらの視線など気づかず、この状況を説明しろとばかりに薫の方へ突進《とっしん》して行った。
『どういうつもりって…約束どおりに予約したんだけど？』
『じゃ、なんであなたがここにいるんです⁉』
『俺も人数のうちに入っているからに決まっているだろ？　どこの世界に自分抜きでレストラ

ン予約するバカがいるんだよ？』

しれっとそんな事を言った薫に、アレクは完全に言葉を失った。俺はといえば、薫の姿が見えた時、ただ一言、頭の中に言葉が浮《う》かんだだけだ。

予感的中、と。

『…あなたね、一体どこまで僕達の邪魔《じゃま》したら気が済むん…』

「薫？」

立ち直りの早いアレクが、薫に向かって再び口を開いたその時、ふいに声がして、驚きのあまり俺の体はビクリ、と揺《ゆ》れた。

振り返った先、バーカウンターの奥に、スモーキーベージュのシフォンドレスに身を包んだ、背の高い美しい女性が立っていた。ドレスの胸元《むなもと》にはリボンの形のブローチが輝き、耳にはお揃《そろ》いのピアスが揺れている。

一目でダイヤだとわかるそれらは、シンプルなドレススタイルに華《はな》やぎを加えている。

「何かあったの？　そんなに大声を出したりして？」

そう言いながら彼女は、ストレートのロングヘアを揺らして歩いて来た。

まっすぐ、薫の許《もと》へと。

「問題なんて何も。やっと来た待ち人を歓迎《かんげい》してただけ」

彼女の姿を認めた時、薫は一瞬《いっしゅん》表情を強《こわ》ばらせたものの、歩いてくる彼女に向かって肩《かた》をすくめた。その様子はいつもの彼よりも子供っぽく、相手の女性ととても親しい間柄《あいだがら》なのだと印象付ける。

誰だろう？　そして、薫とはどういう関係なんだろう？

「本日はようこそいらっしゃいました」

にこやかに微笑みながら俺達と握手《あくしゅ》を交《か》わし、挨拶《あいさつ》をした女性は、俺達に『三枝紫《さえぐさゆかり》』と書かれた名刺《めいし》を差し出した。

店の名前と同じ意味である彼女の名前に注目するのと同時に、その上に書かれた「ＯＷＮＥＲ」の文字に、納得《なっとく》する。

「…？」

視線を感じて名刺から目線を上げると、なぜか三枝さんが不躾《ぶしつけ》なまでに俺の顔をじい、と見つめていた。その視線は俺を妙《みょう》に落ち着かない気分にさせる程《ほど》で。

しかし俺は、三枝さんの眼差《まなざ》しの強さに圧倒されながらも、彼女と初対面ではないような気になった。

でも、どこかで会った事があるのかと問われれば、よく覚えていない、と言うしかないのだけど…。

「では、係の者が案内いたしますので、ごゆっくりお食事をお楽しみ下さい」

俺の戸惑《とまど》いに気付いたのか、三枝さんは、自分のした行為《こうい》を少し恥《は》じらうように視線を逸《そ》らすと、後ろに控《ひか》えていた店員に目配せし、俺達を奥にある個室へ案内するようにと指示した。

「…何？」

しかし、俺達の後に付いて歩き出そうとした薫を、三枝さんは引きとめ、その耳元に何やら小声で囁《ささや》いていた。薫は二、三言葉を返したが、やがて諦《あきら》めたようにため息をつくと、わかった、と言いたげに片手を上げた。

「悪いが二人で食事をしてくれ。俺は…ちょっとヤボ用があるから」

ため息混じりに薫がそう言うと、三枝さんは俺たちに失礼します、と言ったが早いか、薫の腕《うで》を取り、引きずるようにしてそのまま俺達の許から去っていった。

『オーナーが女性って今時めずらしくないけど、あんなに若くて綺麗《きれい》な人だとはね…クジョーとはどういう関係なんだろう？』

去っていく二人の背中をアレクが興味深そうに見つめていたが、正直俺は、アレクの疑問に言葉を返せるような状態じゃなかった。

三枝さんが『薫』と親しげにファーストネームを呼んだ時、俺は全身の血が一気に頭に向かって沸《わ》き上がるような感覚を覚えた。

彼女と薫が、どういういきさつで知り合ったのか当然俺にはわからないが、先程見た、彼女に向かって話しかける薫の横顔は、親しい人にしか見せない穏《おだ》やかな光を纏《まと》っていた。

彼女に向けられていたその表情が、俺の目の前に何度もプレイバックしてきて、わけもなく苛立《いらだ》つ気持ちを抑《おさ》えきれない。

これは…嫉妬《しっと》だ。

渦巻《うずま》く感情の海の果てに見えてきた答えは、自分自身で気付いた事ながら、ショックなものだった。

三枝さんに限った事ではない。俺は、薫が自分以外の人間に関心を寄せること、そしてそれを目《ま》の当たりにする事が嫌《いや》なのだ。

この三年で、俺は薫を諦める決心が付いていると思っていた。けれど現実は、薫を遠ざけようとすればするほど、彼が好きだという感情に呑《の》み込まれてしまう。

大切な友人であるアレクを巻き込んでここまで突《つ》き進んできた割には、俺の決意なんて、爪《つま》先《さき》ほどの強度もない。

どうして、薫のことになると俺はこんなにも優柔不断《ゆうじゅうふだん》になるんだろう？

行かなきゃいけない場所はわかっているのに、わざと遠回りしているみたいに。


『…き…らなかった？』

『…え？』

Ｖｉｏｌａで使われている銀製のカトラリーの上部すべてには、スミレの花が彫《ほ》られていた。

その部分の感触《かんしょく》を確かめるように、何度も指で弄《いじ》っていた俺は、アレクが尋《たず》ねてきた内容が最初よくわからなかった。

『ごめん、何て？』

『…料理、気に入らなかった？　って、聞いたんだ』

『…いや？　すごくおいしかったよ？　何で？』

出された料理もワインも、申し分ない程素晴らしく、その味付けは繊細《せんさい》かつ創造性に溢《あふ》れていた。俺はなぜ、アレクがそんな事を聞いてくるのか分からずに首を傾《かし》げて彼を見つめる。

『…何だかシュウジ、食事の間中ずっと、心ここにあらずって感じだったから…』

少し躊躇《ためら》うように言ったアレクの、気遣《きづか》いというオブラートに包まれた疑念が、俺の胸に突き刺《さ》さる。見透《みす》かされていた――背中に伝う、冷たい汗《あせ》。

『そうかな…料理が美味《おい》しくて感動していたのが、そう見えたんじゃ…』

俺は動揺《どうよう》が顔に表れないようにするのが精一杯《せいいっぱい》で、冗談《じょうだん》めかしたセリフには、ぎこちなさだけが漂《ただよ》っていた。

『…クジョーが一緒《いっしょ》にいた方がよかった？』

笑顔《えがお》を作るため、頬《ほお》に力を入れようと試みたが、その努力も空しく、俺の作りかけの笑顔はその一言で瞬時《しゅんじ》に凍《こお》りつく。

『…なん…で？』

今度は答えを聞きたいわけじゃなかった。けれど俺の口からついて出たのは、前のものより機械的な響《ひび》きの問い返し。

「失礼します――」

俺たちの間の張り詰《つ》めた空気を打ち破ったのは、数種類のドルチェを載《の》せたワゴン。俺達はほぼ同時にウェイターの運んできたそれへ目を向ける。

『…シュウジ、今日この後、僕の部屋に来ない？』

ドルチェが配膳《はいぜん》され、一息ついたところでアレクの手が、テーブルの上に置いていた俺の手をそっと掴《つか》む。テーブルに置かれたキャンドルのゆらめく火が、アレクの瞳《ひとみ》に映って、それはまるでアレク自身の情熱を表しているかのようだった。

『クリスマスの朝を、君と二人きりで迎《むか》えたいんだ…』

アレクの甘い囁きを聞きながら俺は、正直、イヴにデートをするからには、最後はこういう誘《さそ》いがあるかもしれないと予想していた。

お互《たが》い付き合う事を了承《りょうしょう》して、デートを重ねて…今時、中学生でも恋人同士《こいびと》が辿《たど》るステップ――キスやハグ、そしてもちろんセックスへと繋《つな》がる事はわかっている。

今の俺の恋人は、アレクだ。たとえ俺が偽《いつわ》りの心で向き合っていたとしても、彼は心からの笑顔を、真心を俺に向けてくれている。

彼といると誰よりもホッとする。焦《あせ》ったり、変な意地を張ったり…薫の前ではみっともなくジタバタするだけの俺でも、アレクの前では心からゆったりと落ち着いていられるんだ。

そう、以前は感じていた。けれど今、俺がアレクに対して抱《いだ》いている気持ちは、付き合おうと決めた当初から罪悪感だけが膨《ふく》らんでばかりいるもので。

そして、そう感じる自分が酷《ひど》く悲しい。

『アレク…』

真実を、言った方がいいのかもしれない。さっき、アレクの口から出た、薫に関する仄《ほの》めかしは、ただの軽い穿鑿《せんさく》とは思えない。

口を開いた俺がアレクの名前を呼んだ瞬間《しゅんかん》、彼の胸のポケットで激しく振動《しんどう》を繰《く》り返す音が聞こえてきた。

『…何なんだ、一体…』

食事をしている時から何度か同じように鳴っていた携帯《けいたい》を、ここに来てしぶしぶ取り出したアレクは、画面を見た瞬間不機嫌《ふきげん》そうな顔色になり、小さく悪態をついた。

『ごめん、シュウジ』

出てもいいか、というアレクの目線に頷《うなず》くと、彼は携帯の通話ボタンを押す。携帯から漏《も》れ聞こえる相手の声はどこか切羽《せっぱ》詰《つ》まっていて、何度もかけたのにどうして出ない、といった事を、早口で捲《まく》し立てているようだった。

『…今からか!?　マルセル、今夜は…ああ…そうだよな、わかったよ。…じゃ、後で』

会話は思ったより早く終わった。けれどアレクの表情は電話に出る前より不機嫌になっていて、パタン、と二つ折りの携帯を叩《たた》きつけるように折りたたんでいる。

『何かあった？』

『…イヴの夜にドラッグパーティをしたどっかのバカがしょっぴかれたんだ。今から警察に面会に行かないと…』

ふぅ、と深いため息をついたアレクは、参った、とばかりに顔に手をやる。

一般《いっぱん》のフランス人が日本で逮捕《たいほ》された場合、日本の言葉も法律もほとんど分からないのが普《ふ》通《つう》だ。アレクの仕事は、その拘束《こうそく》された人物と面会し、事情やこれからの流れを説明すると同時に、裁判になった場合、公平に審理《しんり》が遂行《すいこう》されているかをチェックしたりもするそうだ。

『クリスマス休暇《きゅうか》で部内の職員が出払《ではら》っているせいもあるけど、こんな時に連絡《れんらく》してくるなんて…ホント無粋《ぶすい》な奴《やつ》だ！』

『でも、すごく困っているんじゃないかな。俺のことはいいから、早く行ってあげないと』

文句を言いながらもアレクの表情からは、助けを求めてきた同胞《どうほう》を心配しているのがわかる。電話をしてきた相手も、彼を頼《たよ》りにしているのだろう。俺は腰《こし》を浮《う》かして、テーブルの向こうのアレクの腕《うで》を軽く叩こうと手を伸《の》ばした。

『…アレク？』

『こうして…君の体の隅々《すみずみ》まで、キスをするつもりだったんだ…今夜』

伸ばしたその手を摑んだアレクは、俺の手の甲《こう》にキスをする。俺の目を見つめたまま、ゆっくり唇《くちびる》を押し付けるその表情は、いつもの彼よりずっと大人で、そして蠱惑《こわく》な香《かお》りがした。

もしここがアレクの部屋だったなら、俺は、彼に抱《だ》かれる事を拒《こば》めなかったかもしれない。皮膚《ひふ》に吹き込まれる、熱い吐息《といき》。口付けをしたまま言葉を紡《つむ》ぐアレクに、俺の体が小さく揺《ゆ》れる。

何も、考えられなかった。まるで魔法《まほう》にかけられたように。

『…でも、お楽しみは先延ばしみたいだ』

アレクは、ウェイターがテーブルに残したホルダーを持つと立ち上がり、顔を上げた俺の頰をそっと撫《な》で上げた。いつものさよならの挨拶《あいさつ》とは違《ちが》う、甘い余韻《よいん》を残すキスと共に。

個室から立ち去るアレクの背中を見送った俺は、アレクの仕事上のトラブルという、降って湧《わ》いたような偶然《ぐうぜん》に、心のどこかで感謝していた。

「いらっしゃいま…」

いらっしゃいませ、という言葉は、最後まで言えなかった。店の入り口に佇《たたず》む女性の姿に俺は驚《おどろ》きのあまり、口を『ま』の状態で開けたままだったから。

「こんにちは」

「三枝さん…」

俺に向かって涼《すず》やかな微笑《びしょう》を浮かべた三枝さんは、デニムに腰の辺りがシェイプされている、グレーのロングカーディガンというシンプルな出で立ちだったが、昨日、彼女の店で会った時の、ドレスアップした姿よりも彼女らしいと感じた。

「ほら、あなたたちもごあいさつなさい」

彼女は一人ではなかった。後ろからぴょこん、と現れたのは双子《ふたご》の男の子達。その子達を見た途端《とたん》、俺は息を呑《の》んだ。

年の頃《ころ》は小学校に上がったばかり、といったところだろうか。彼らの利発そうな顔付き、特に聡明《そうめい》そうな目元は薫に瓜二《うりふた》つだったから。

「こんにちは」

彼らの視線は俺の顔にひた、と標準を合わすと、少し驚いたように目が見開かれたが、すぐに揃《そろ》って挨拶した声はユニゾンで、何とも不思議な感じだ。

「すみません、突然《とつぜん》…」

「あ、いえ…」

偶然、ここに来たわけではないらしいということは、少し恐縮《きょうしゅく》した様子の彼女の態度からもわかった。けれど、訪問の理由がわからない俺は、少々戸惑《とまど》い気味に彼らを席へ案内する。

薫と親しげに会話を交《か》わしていた女性。薫に瓜二つの少年達。

彼らという個々のピースが、徐々《じょじょ》に俺の頭の中で一つの真実へと形作られていく。

「…あの、私、薫の姉の紫です。覚えているでしょうか？」

そしてテーブルに座った三枝さんの放った言葉が、最後のピースとなって、真相のパズルは完成した。

それは同時に昨日、彼女に感じた、俺の中の不確定な記憶《きおく》もはっきりさせていく。

「私、昔あなたに会ってから、結婚《けっこん》して苗字《みょうじ》が変わっているの、忘れてしまっていて…」

薫との長い付き合いの中で、俺が彼の家族に会ったのは数回。しかももう随分《ずいぶん》前の事だったから、目の前にいる三枝さんが、薫のお姉さんとわからなかった。

しかし柔《やわ》らかく笑う彼女の顔をよく見ると、男女の違《ちが》いはあるとはいえ、ふとした表情が薫と似ていた。

「いえ、俺こそ失礼しました。どこかで会ったような気がしていたんですが、そんな事を言うのは、なんだかナンパの決まり文句のようで…」

俺はカウンターに戻《もど》ると、紫さんにはアッサムで淹《い》れたミルクティーを、双子達には熱々のショコラ・ショーをサーブした。チョコチップクッキーのオマケつきで。

「昨日はせっかく来ていただいたのに、薫を返せなくてすみませんでした。ちょっと込み入った事情が…ええと、それは後で話すことにして…私、薫から紹介《しょうかい》された時から気になっていて…あの、あなたは弟と学生時代から仲がいい『修司君』、ですよね？」

紅茶を一口飲んだ紫さんは、少し遠慮《えんりょ》がちに話を切り出したが、気になる事をいっぺんに話そうとしたためか、どうも話の筋に脈絡《みゃくらく》がなかった。

それでも、昨日二人が立ち去った時に感じた、胸を掻《か》き毟《むし》られるような思いが、スッと消えていく。

「あ、はい。…すみません、俺、忘れっぽくて…お姉さんとは気付かずにろくな挨拶もせず…」

何でもっと早く思い出さなかったのだろう？　そうすればあんな恥《は》ずかしい嫉妬《しっと》心を起こすこと自体、無意味だという事がわかったのに。

歯切れ悪く謝る俺に、紫さんは首を横に振《ふ》る。

「会った事があるといっても、もう随分昔だから、あなたが覚えていないのも無理はないわ。…でも、あなたの顔を見た瞬間《しゅんかん》、思い出したんです。あの子が…薫が、自分の友達を私や家族に紹介したのは、あなたが最初で最後だったから。そして、今でも付き合いがあるなんて…何だか自分の事のように嬉《うれ》しいんです。あの子、人付き合い悪いから…」

彼女はあくまで俺と薫の関係を、『親友同士』だと思っているのだろう。俺達の本当の関係はとても彼女に話せる内容じゃない。

そう思うと、弟思いの紫さんに対して、俺は複雑な気分になった。

「もー、普段《ふだん》は全然連絡してこないくせに、この間いきなり電話で『二十四日、個室一つ、死ぬ気で空けろ』って言ってきて！　ホント、脅《おど》しか！　っていうくらい怖《こわ》かったのよ？　てっきり恋人《こいびと》でも連れてくるのかなあ…って思ったんだけれど…」

弟の友人、ということで紫さんの口調はだんだん砕《くだ》けた感じになってきていた。しかしコロコロと鈴《すず》を鳴らすように笑っていた紫さんがいきなり真顔になり、『でも、それはないか…』と呟《つぶや》いた後、ふう、とため息をつく。

「あの…何かあったんですか？」

突然の声のトーンや表情のギャップに、俺は面食《めんく》らい、カウンターから身を乗り出して問いかけると、彼女はややばつが悪そうに髪《かみ》に手をやった。

「…本当にごめんなさいね、突然やって来てこんなことを言うなんて。…でも、あなたなら何か知っているんじゃないかと思って、それで私、今日ここにお邪魔《じゃま》したんだけど…」

やっぱり何かあったのか。俺は固唾《かたず》をのんで紫さんが言う、次の言葉を待った。

「先週、実家の…九条の家で、親族の集まりがあったのね。今回は久しぶりに薫が帰ってきたということで、かなり大きな会になったの。…でもあの子ったら、食事が終わった後、突然皆《とつぜんみな》の前で『家を継《つ》がない』って宣言して！」

「薫が…そんな事を…？」

紫さんから聞かされたその話は、俺の背中に冷たいものを落としたようだった。身が竦《すく》むほどの衝撃《しょうげき》が走り、俺の口の中はカラカラに乾《かわ》いていく。

「修司君も知らないのね…。お友達のあなたには何か話しているかな、って思ったんだけどな。父も母も笑って相手にしなかったけど、薫の意思は固そうだったわ」

有言実行。その四文字が当てはまるほど、薫は言った事は必ず遂行《すいこう》する男だ。剣道《けんどう》の攻撃《こうげき》のように、迷いもなく一心に突《つ》き進むその行動力には、誰の制止も利《き》かない。

そもそも、簡単に制止できるような決意なら、始めからしない、というのが彼の信条だった。

「昨日もさんざんどういうつもりか問い詰《つ》めたんだけど、結局最後は逃《に》げられちゃって…。修司君、一度薫にそれとなく聞いてみてくれないかしら？　私はあの子が考える事に闇雲《やみくも》に反対する気はないけど、今回の事は予想外だから…」

「ええ…必ず聞きます」

紫さんが当惑《とうわく》したその問題に、俺が大きく関与《かんよ》しているであろう事は明白なのに、俺は彼女に謝ることもできない。

確かに俺は薫の家族とは数回しか会ったことがない。けれど俺は彼から、家族の人々の性格やそれにまつわる話などを、出会った当初からたくさん聞いていた。

その話の内容にはいつも、決して派手ではないけれど、薫の、家族の一員として家族を愛する気持ちが詰まっていた。

俺は、彼の家族のエピソードを知る度《たび》に、自分がその中の一員になっていくような気がして、すごく嬉しかった。それは俺の憧《あこが》れる、薫の誇《ほこ》り高い美しさを形成している源であるような気

がしていたから。

その源を自ら断《た》ち切ろうとしている薫。そして、それをさせようとしているのは、俺なんだ。

「…じゃあ、そろそろお暇《いとま》するわ。今日はお話しできて嬉しかった。ありがとう、修司君」

「いえ、こちらこそ楽しかったです」

それから半時間ほど、俺達は他愛《たわい》もない世間話をしていたが、やがて紫さんは席を立つと、双子達と共に暇を告げた。

「お母さん、ちょっと待ってて」

だが不思議な事に、今まで大人しくしていた双子達は、最後になって先に母親を行かせると、二人揃って俺の方へ戻って来た。

「どうしたの？」

俺は双子達の背に合わせて膝《ひざ》を折ると、目線を彼らに合わせた。双子達は数秒間、店に来た時と同じ様に俺の顔をじっと見つめていたが、やがてお互《たが》いの顔を見合わせ、頷《うなず》きあう。

「あの、僕らね、知っているんだ」

「…何を？」

またもやユニゾンで話す彼らに、俺は首を傾《かし》げる。

「あのね、かおる叔父《おじ》さん、しゅうじさんの写真をいつも持っているんだよ。ね、武琉《たける》？」

大和《やまと》君が聞くと、傍《かたわ》らの武琉君は大きく頷いた。

「うん。僕らがこの間見せて、って何度も言ったら、内緒《ないしょ》だぞって、見せてくれたんだ。僕らがすごく綺麗《きれい》な人だね、って言ったら叔父さん、『この人は叔父さんの一番大切な人で、この人と一緒《いっしょ》に生きていくって決めているんだ』って、言ってたよ。…だからかおる叔父さん、お家、つがないって言ったんだと思う」

「…写真？」

「そうそう。だから、僕ら今日ここに来て、すごくびっくりしたんだよ！　ね、しゅうじさんは、かおる叔父さんのこと、好き？」

俺は、俺を見上げる双子《ふたご》達の瞳《ひとみ》に吸い込まれそうになる。

きらきら、きらきら、と、薫によく似た美しい橡色《つるばみいろ》の瞳が四つ、俺を見つめていた。

こんな目をしていた時代が、俺と薫にも確かにあった。家や社会のしがらみなどに縛《しば》られることなく、ひたすらお互いだけを見つめて笑っていた頃《ころ》。

ありふれた日常。今日と明日。傍《そば》にいる恋人。

そのすべてがいつも当たり前に存在すると思っていた。

手を繋《つな》ぎ、共に歩いて生きていく事がどれ程《ほど》難しくて、どれ程かけがえのないものなのか、自ら愛を手放した時に分かったのだけれど。

「…好きだよ」

ずっとずっと、薫だけが好きだ。

どうしてただその一言を、彼に言えないのだろう？　純粋《じゅんすい》すぎる四つの光には、こんなにも素直《すなお》に言えるのに。

俺の言葉を聞いた二人は、やったー、と歓声《かんせい》を上げつつも、「でもお母さんにはナイショ、ナイショ」と小声で言い合いながら、母親が呼ぶ声の方へ駆《か》けて行った。最後に俺に手を振って。

今すぐ、薫に会いに行かないと。

彼らに手を振りながら俺はそう決心し、それからいつもより少し早く店を閉めた。そして夕《ゆう》闇迫《やみせま》る街並みを歩き、かつて毎日のように通った場所へと向かう。

薫に会って、そして言わなければ。

今度こそ、永遠のさよならを。

「藤本君！　まあ…あなた、ちっとも昔と変わらない！」

「北園《きたぞの》室長、お久しぶりです」

今日は懐《なつ》かしい人との再会のオンパレードだ。俺は座っていたソファから立ち上がると、かつて自分の上司だった、上品な婦人が差し出す手を握《にぎ》り返した。

「下の受付から連絡《れんらく》があった時は、まさかと思ったけれど…」

北園女史は最上階の社長室に入る前にある、広々としたオープンスペースで俺を出迎《でむか》えると、感慨《かんがい》深げに俺の顔を眺《なが》めた。

その眼差《まなざ》しはまるで母親のようで、俺は少し照れくさい。

「…薫は外出中だとか？」

社長室へと続くセキュリティドア前、メタル素材で作られたブースには、美貌《びぼう》の受付嬢《じょう》が座っている。

社長室前受付担当者——通称《つうしょう》・ケルベロス一号は、仕事での高いスキルより、もっぱらお客が会社の代表に会う前に仰《あお》ぎ見る、装飾《そうしょく》品のような役割を担《にな》っていた。

「はい。生憎《あいにく》、九条は外出しております。ですが、副社長が、藤本様にお会いになりたいと申しております」

受付へ近づくにつれて、北園女史の言葉遣《づか》いもオフィシャルなものになってゆく。もう社外の人間である俺に対して、いつまでも砕《くだ》けた物言いでは、部下に示しがつかないのだろう。

「雅孝が俺に…？」

対して、今はもう社外の人間である俺は、もう雅孝を『副社長』と呼ぶ必要はない。昔は毎日のようにそう呼んでいたのに。

「はい。ご案内いたしますので、どうぞこちらへ」

受付に座る女性は、俺がこの会社を辞《や》めてから入社しているのだろう。通り過ぎる俺の顔を、驚《おど》きを隠《かく》せない瞳で見つめてきた。

完璧《かんぺき》なメイクを施《ほどこ》した顔に、『なぜこんな若造が、常務と現在の代表である、副社長のファーストネームを呼び捨てにしているのだろう？』という疑問を張り付かせて。

社長秘書達をケルベロスと呼ぶのは、ギリシャ神話に登場する、地獄《じごく》の入り口を守る三つの頭を持つ番犬に由来している。

さしずめ二号は北園女史で、三号は薫…だろうか？

社長室に入る為《ため》のセキュリティカードは、限られた人物しか持つことが出来ない。北園女史は自身のカードキーを差し込み、社長室内へと入った。

「…相変わらずケルベロス一号になる人は、美しいですね」

女史の後に続きながら俺は、さっきの女性の驚いた顔を思い出して、クスリと笑う。そんな俺を、北園女史は渋《しぶ》い顔で振《ふ》り返る。

「容姿と同じくらい、レベルの高い仕事をしてくれれば文句はないのだけれど。何人替《か》わっても全員、来客の名前はおろか、会社名もろくに覚えられないときているわ。ああ…でも、社内の有望株の顔と名前は覚えるのが早いみたいね」

最近のケルベロス一号の任期は、花の命より短いらしい。北園女史は眉間《みけん》に深い皺《しわ》を寄せて首を振る。かなり手厳しい発言だが、普段《ふだん》は温和な彼女にここまで言わすからには、よっぽどひどい仕事ぶりなのだろう。

「副社長が本社に戻《もど》られてからというもの、秘書室に転属希望を書いた女性社員の数の多さったら！　ただでさえ社長が倒《たお》れられて大騒《おおさわ》ぎなのに…まったく、会社はお見合いパーティじゃない！　って言いたくなるわ」

「未来の社長夫人の指定席のチケットは、プラチナレベル、というわけですか」

しかしその席はもう何年も前にとっくにSOLD　OUTなのだが。俺は雅孝が心から愛する人・征也君を思い浮《う》かべ、その皮肉な結果に小さく笑う。

「まあそれもあるけど、それはちょっとレベルが高すぎるから…。やっぱり一番人気は、副社長のRIGHT HAND，S　PERSON（一番信頼《しんらい》できる人）の妻の座よ」

「それは…薫の事ですか？」

俺の問いかけに、ふふふ、と笑った北園女史は、悪戯《いたずら》を企《くわだ》てる子供のような目をしていた。

「ええ。社内の女性達曰《いわ》く、『ハンサムで家柄《いえがら》が良くて、仕事も出来る。その上、紳士《しんし》的な物《もの》腰《ごし》にチラリと見えるセクシーさがたまらない！』のだそうよ」

「紳士的なのにセクシーね…」

俺の前では傲慢《ごうまん》で野獣《やじゅう》ですけどね、とはまさか言えるわけもなく、俺は北園女史の言葉に乾《かわ》いた笑いを浮かべるしかなかった。

「失礼致《いた》します。藤本様をお連れしました」

副社長室、と金色のプレートがはめ込んである重厚《じゅうこう》なドアを、彼女は軽くノックする。

開け放たれたドアの向こうは、黒一色の世界だった。

大理石でできた広いデスク、革張りのソファ、そして本棚《ほんだな》やオーディオ類が入っている壁《かべ》一面の収納扉《とびら》すべてが、墨《すみ》を流したように真っ黒。

デスクの上に積まれたいくつかの白い書類の束はまるで要塞《ようさい》のようで、その向こう、ノートパソコン（これまた黒）を開いていた雅孝が顔を上げた。

その昔、パリの雅孝のオフィスの内装もこの部屋とほぼ同じで、俺がパリに着いた時、彼は黒のクラシカルスーツを着てデスクに座っていた。

その姿は某《ぼう》有名SF映画に出てくる悪の将軍、といった趣《おもむき》で、無表情にこちらを見返して来た彼の怜悧《れいり》な眼差しに身がすくんだものだ。

「よお、修司。元気そうだな」

しかし今、俺に向かって声をかけた雅孝は、シャイニーな素材でできたブラックのシャドウストライプスーツを纏《まと》っているものの、声のトーンや表情はパリ時代とは違《ちが》い、数ヶ月前最後に会った時の気さくな彼のままだった。

「ああ。雅孝…久しぶり」

俺はどこかホッとしながら、雅孝に近付く。心なしか少し痩《や》せたように見える彼は、デスクから立ち上がると俺にソファを勧《すす》めた。

「薫ならもうすぐ戻るはずだから、ここで待つといい。コーヒーしかないけど、飲むか？」

俺が頷《うなず》くと、先程出て行った北園女史に頼《たの》むのかと思いきや、彼は造り付けの戸棚を開け、そこに鎮座《ちんざ》していたイタリア製の全自動コーヒーマシンに電源を入れた。

「お前が淹《い》れるのか？」

「俺が淹れたエスプレッソは美味《うま》いぞ？」

雅孝は眉《まゆ》を寄せ、ジロリと睨《にら》む。機械が淹れるんだろ？　と思いながらも俺は肩《かた》をすくめるだけにして、その意見に反論することは控《ひか》えた。

「それにしても副社長自ら茶汲《ちゃく》みなんて、人員整理でもしたのか」

「『自分でできる事は自分でする』…物事の基本だ。それに、こんな事ぐらいで秘書を使っていたら、薫にどやされるからな」

雅孝は平然と答えたが、彼の軽い物言いに、薫との関係が昔のように戻った事を感じて安心した。

「薫と…上手《うま》くいっているみたいだな」

「お前らに比べれば、な」

感慨深げに言った俺の言葉に対して、すぐに雅孝が返した意味深な台詞《せりふ》は、俺の頬《ほお》に緊張《きんちょう》を走らせるもので。

会話が止まった室内に銀色のコーヒーマシンが立てる、シューシューという音が響《ひび》き、それと共に、淹れたてのエスプレッソが放つ芳《かんば》しい香《かお》りが、広がっていく。

「修司。ついた嘘《うそ》はいつか自分に跳《は》ね返ってくるものだ。…俺がいい例だろ？　俺は、征也さんにたくさんの嘘をついて…その結果、彼を失った」

征也君の名前を口にした雅孝の顔に、深い悔恨《かいこん》と喪失感《そうしつかん》が浮《う》かぶ。俺はそこに三年前の自分を見たような気がした。

それは、どれだけ長い時が過ぎようとも、癒《い》える事のない傷口を見せ付けられているようで、俺は胸が締《し》め付けられるような気持ちになる。

「お前と薫はまだ間に合うと思う。でも、そのチャンスをお前はみすみす手放しているように思えて仕方がない」

「…俺は、無くすものなんてもうない。俺は三年前に、薫と別の道を歩くって決めたんだ」

白いエスプレッソカップに出来たてのエスプレッソを注いでいた雅孝が、横目でチラリと俺に視線を向け、すぐに戻す。また一つ新しい嘘を重ねた俺は、そんな自分に嫌気《いやけ》が差しているのに、自分でも止められない。丁度坂道を転げていく石のように。

「わかった。お前がそう言うのなら…これ以上俺は何も言わないさ」

雅孝は、トレイに乗せたカップを俺の前に置きながらそう言うと、俺の対面《といめん》のソファに座り、自分のカップに口を付けた。

「薫を納得《なっとく》させるには骨が折れるだろうけど、正直こちらも急いでいるんだ。これ以上日本滞《たい》在《ざい》が延びるようだと困ったことになるからな」

「困ったこと？」

雅孝の言葉通り、彼（が操作した機械）の淹れたエスプレッソはとても美味《おい》しかった。それを堪能《たんのう》しながらボヤキにも似た彼の言葉に俺が首を傾《かし》げると、彼はカチャリ、と音をたててカップをソーサーに置く。

「ニューヨークで進行中だったホテル建設を中止することになったんだ。元は社長が計画した事で、内部からの反発もあるが…コストがかかり過ぎているし、何より大きな利益に繋《つな》がるとも思えない。…年明けにでもアメリカに飛ぶ予定なんだが、計画の指揮を担《にな》っている薫がいつまでもああだと…」

つまり、雅孝が俺に面会を求めたのは、単なるお節介《せっかい》で俺と薫の仲をどうこうしようと思ったわけではなく、このままでは会社の利益に支障をきたす恐《おそ》れがあることを、俺に伝えたかったのだろう。

「わかった。今夜はその話をしようと思って来たんだ。すぐに決着が付くと思う」

「…そうか」

雅孝は生まれながらの優《すぐ》れた事業家で、会社の利益の為《ため》なら時として情も捨てる。

彼のそういう姿は大抵《たいてい》の人間に冷酷《れいこく》で無慈悲《むじひ》な印象を与《あた》えるが、短い間だが彼の秘書をしていた俺には、彼が三年前とは確実に違う人間であるとわかる。

雅孝は逃《のが》れられない運命に背を向けず、常に緊張を強《し》いられる人生に闘《たたか》いを挑《いど》む生き方を選《せん》択《たく》したのだろう。それは雅孝自身の為というより、彼が心から愛する征也君の願いを裏切らない為のもので。

ふいに雅孝のデスク上の電話が鳴った。

「もしもし?……ええ、そのままここに来てほしいと伝えて下さい」

立ち上がり、受話器を取った雅孝が話す内容に、薫が帰社した事を知る。俺は途端《とたん》に緊張してきてしまい、意味もなく立ち上がる。

「…ああそうだ、修司。すまないが頼みがある」

受話器を置いた雅孝は、思い出したようにデスクの引き出しからA4サイズの封筒《ふうとう》を取り出し、俺に手渡《てわた》す。

「これは…不動産の書類?」

開けていいか? と雅孝に目で確認《かくにん》すると頷いたので、俺は封筒の中身を取り出した。

「俺が翻訳《ほんやく》の仕事をしていた、出版社の社長の親類が持つ物件だ。…それを、俺からという事は伏《ふ》せて、征也さんに渡《わた》してみてくれ。そこならピートを飼う事も出来るし、駅からも近い。もちろん、もう既《すで》に決めている物件があるようなら、破棄《はき》してくれたらいい」

雅孝が秋吉グループに戻《もど》る事を決意したと同時に、征也君はそれまで雅孝と一緒《いっしょ》に住んでいた家(元は雅孝の今は亡き母親の持ち物だったらしい)を出ていた。彼の飼っている猫《ねこ》のピートを連れて。

『雅孝に頼《たよ》らずに一人で生きていく』――そう決意した征也君がまず始めたことは、自分でアパートを借りる事だった。

「何々…？　ペット可・2LDKで南向き・家具付き。…ええ⁉　駅まで二分⁉」

間取り図を一瞥《いちべつ》しただけでも、それはとても条件のいいモノだとわかる。普通《ふつう》、駅から近くてペット可の物件は、とても学生が払《はら》える値段ではない。

しかし雅孝が示した物件の家賃は破格の値段で、引っ越《こ》しを考えていない人間でも、転居を決めてしまいそうなシロモノだ。

「なあ雅孝。この広さと条件でこの家賃…かえって怪《あや》しくないか？」

いくら征也君が箱入りでも、今はそれなりに不動産めぐりをしたりしているようだから、こんな嘘みたいな条件の物件、おかしいと思うのではないか。

「お前の知り合いの持ち物という事にしとけばいい。向こうにも話は通してあるから」

「用意周到《しゅうとう》だなー。…たぶん征也君はここに住むと思うぞ。この間、『なかなかいい物件が見つからない』って、こぼしていたから」

よく考えれば、俺が思いつくレベルのことぐらい、雅孝なら分かりきっているはずだ。俺は感服しながら書類を封筒に戻した。

「…あの人は…元気か？」

色々な事を話したが、雅孝が一番知りたい事はこの一言に凝縮《ぎょうしゅく》されているような気がした。

愛する人の幸せを祈《いの》る——それは最もシンプルで、深い愛情の表現。雅孝の言葉にはそれが溢《あふ》れていた。

征也君から、雅孝の家を出ると聞いた時、俺はすぐさま彼に同居を申し出た。部屋は余っているし、何より彼の事がとても心配だったから。

しかしその時既に征也君は、一時の居候先《いそうろうさき》を決めていたのだ。

「ああ…今は同級生の真理君《まさよし》の家にピートと暮らしているよ。真理君の幼馴染《おさななじ》みの公一《こういち》君も来て、毎日合宿みたいな生活だって、楽しそうに話してた」

「そうか…それならよかった…」

安心したように、けれど少し寂《さび》しそうに。雅孝はため息のような一息をつくと、目を伏せる。

「…何がよかったって?」

いつの間に来ていたのか、声のする方へ振《ふ》り返ると、ドアの前に薫が立っていた。

「…別に。ほら、お前の客がお待ちかねだ」

雅孝は従兄弟《いとこ》の登場に軽く笑うと、顎《あご》で俺を指した。薫は来客が俺だと聞いていたのか、俺の顔を見ても別段驚《おどろ》いた様子はなかった。

チャコールグレーのスーツに白いドビーシャツ。合わせたネクタイはウール素材の薄《うす》いグレーという、スタンダードでモノトーンな着こなしは、スタイルとセンスが良くないと、この上なく野暮ったく見える。

しかしその点、薫の着こなしは完璧《かんぺき》で、彼の魅力《みりょく》を最大限に引き出していた。

「俺のオフィスに行こうか」

「あ、うん。…じゃあ雅孝、また」

『また』とは言ったものの、次はいつ会えるのかわからない俺と雅孝。それでも別れを告げた相手は手をあげて俺に『またな』と応《こた》えた。

「どうしたんだ？　お前が訪ねて来るなんて…？」

「急にごめん。…その、話があって…」

薫のオフィスに移動する道すがら、俺は紫《ゆかり》さんや雅孝と約束した事をどうやって切り出せばいいのかと考えあぐねた。言葉を上手《うま》く選ばないと、いつものように同じ事を繰《く》り返してしまう。

「話？…じゃあ、夕食を摂《と》りながらにしよう」

近くに美味《うま》いフレンチの店があるんだ、と言いながら薫は俺の腕《うで》を取ると、エレベーターホールへと方向転換《てんかん》をする。

「え…いや、俺、こんなカッコだし…」

薫と話をしなくてはいけないが、優雅《ゆうが》にフレンチのディナーを食べながらする話でもない。

俺は咄嗟《とっさ》に自分の服装——トレンチコートの下にジャケットは着ていたが、中はピーコックブルーのVネックセーター——がドレスコードに反するのでは、という理由で断ろうとした。

「そんな畏《かしこ》まった店じゃないさ。…それにそのセーター…すごくお前に似合ってる」

しかし薫はあっさりと俺の断り文句をかわすと、俺の着ているセーターを指差し、目を細めて笑う。

「…あ、ありがと…」

自分のバカさ加減には呆《あき》れるが、俺は薫の、あまりに魅力的な微笑《ほほえ》みを前にして、瞬時《しゅんじ》にぼうっとなってしまっていた。

もうすぐ決別しようという相手にぼぅっとなって、どうするんだ!

薫の存在全《すべ》てに焦《あせ》ったり、ドキドキしたり…俺は救い様のないバカだ。そうこうしているうちに、エレベーターが来てしまう。

魅惑《みわく》的な瞳《ひとみ》で俺を見つめる薫と、その視線に当てられ、誘《さそ》いを断るための次の理由がぶっ飛んでしまった俺は、無言のままそのエレベーターに乗り込んだ。

「ワインが美味《おい》しい店だから俺の車じゃなく、タクシーで行こう」

「えっ!?…薫!」

薫は俺が夕食を一緒に摂る事を了承《りょうしょう》したと判断したようで、エレベーターが一階に着くやいなや、広々としたホールを足早に突《つ》っ切って行くから、俺は早く断らなきゃと慌《あわ》てて後を追った。

「ほら、何してんだ? 早く乗れよ」

「いやその…ちょっ、ちょっと待って…わ！」

玄関《げんかん》に待機していたタクシーに合図をした薫は、モタモタしている俺を半ば放り込むようにタクシーへ押し込んでしまう。

「○○の交差点までお願いします」

「かしこまりました」

薫が行き先を告げるとタクシーはすぐさま発進し、俺を夜の街へと連れ去った。


「修司、東京タワーだ」

さっきからシートに深く座っていた俺に向かって、ほらほら、と薫はタクシーの窓の外を指差した。

「何だよ？　子供じゃあるまいし…」

遠く薄紫色《うすむらさきいろ》の夜景にそびえるシンボリックな建造物を見て、呆れたように顔を上げれば、すぐ隣《となり》に、悪戯《いたずら》を仕《し》掛《か》ける前のような作意の笑《え》みを浮《う》かべた男がいた。

「覚えているか修司？　あそこの特別展望台に上った日の事？」

「…忘れた」

ぷい、とすぐさま横を向いた俺に、薫はククッと愉快《ゆかい》そうに笑う。

「フリだろ？」

「うるさい！」

薫に噛《か》み付いた俺の視界に、冬の冷たい空気の中で光り輝《かがや》くタワーが迫《せま》ってくる。今はオレンジ色を発しているライトも、七月から三ヶ月間だけシルバーになるということを、俺はあの日知った。

東京タワー。

それは俺達の初めてのデートの場所。

平日の人気《ひとけ》のない特別展望台と、燃えるような紅い夕日。

その紅い光に照らされながら、俺達はキスをした。

俺は確かに覚えている。

強く抱《だ》きしめられた時、頬《ほお》に当たる薫の制服の布地の感触《かんしょく》がザラついていたことや、彼の髪《かみ》を撫《な》でた指先が愛《いと》しさに染まっていったことまで、全部。

「修司。カオ、赤いぞ」

「うるさい！」

薫が言う通り、俺は顔が徐々《じょじょ》に火照《ほて》ってくるのを感じた。隠《かく》すために後ろを向くと、タワーは見る見るうちに遠くなっていく。

俺はそれ自体が見えなくなってもしばらくの間、過去の甘い思い出が残る方角を眺《なが》めていた。

「ここだ」

タクシーが止まった交差点から歩く事五分。薫が案内してくれたのは、一見誰かの家かと思うような洒落《しゃれ》た邸宅《ていたく》だった。

「ここ…？」

そこには、店の名前を冠《かん》した看板はなく、本当に店なのかと疑う俺に対して、薫はさっさとドアを開ける。

「うわ…！」

一歩建物の中に入るとそこは、外からは想像できない別世界。

吊《つ》り下げられた大きなシャンデリアを中心に、フロアにはゆったりとした間隔《かんかく》でテーブルが配置され、一つ一つのテーブル上には、青紫のヒヤシンスが生けられている。

シャンデリア以外、極力人工の明かりを抑《おさ》えた室内には、いくつものキャンドルが安全に配《はい》慮《りょ》した形でセッティングされていた。

その温かな灯火は心を穏《おだ》やかにさせ、日常の喧騒《けんそう》を忘れさせてくれそうな気がする。

「いらっしゃいませ」

お待ちしておりました、と俺達を迎《むか》えてくれたディレクトール（支配人）は、恭《うやうや》しくお辞儀《じぎ》をした後、薫へ親しみを込めた目で微笑む。

「急な予約ですみません」

タクシーの中で電話をしていた薫は、相手に名前を告げた後ただ一言、『今から行きます』とだけ言った。まさかあれが予約だったとは。

「九条様からのご予約は、どんなことがあってもお受けするようにと、オーナーから言われておりますので」

ディレクトールは落ち着いた様子で首を振り、薫は『ありがとうございます』と微笑む。

「お席にご案内いたします」

続いて登場した背の高いメートル・ド・テル（フロアマネジャー）が、コートを脱《ぬ》いだ俺達を店の奥――シノワズリーの衝立《ついたて》で仕切られた広めの空間――に置かれたテーブル席へと導いた。

アイボリーの革張りの椅子《いす》へ腰《こし》を下ろし、一息ついたところで、メートル・ド・テルと入れ替《か》わりにソムリエがワインリストを持って現れる。

スムーズに展開する連係プレーのような美しさ。それぞれのポジションで完璧《かんぺき》な働きをするスタッフ達の動きに、俺はひたすら感服した。

「今日の料理に合うワインはどれですか？」

ワインリストに目を落とした薫はしばらくそれに見入っていたが、決めかねる、といった表情で、ソムリエへアドバイスを仰《あお》いだ。

「…そうですね、これなどいかがでしょう？　シャンパンですが、バランスの良い、重厚《じゅうこう》で濃《こ》い味わいがございますから、コースを通してお楽しみいただけるかと思います」

ロマンスグレー、と称《しょう》するのに相応《ふさわ》しい年配のソムリエは、俺達にフランス語で『偉大《いだい》な年』という名が入ったプレステージ・シャンパンを薦《すす》める。

黒ブドウ、ピノ・ノワールのメッカである土地で造られたその銘柄《めいがら》は、俺のお気に入りのシャンパンの一つだ。薫の『どうだ？』という目配せに、俺は素直《すなお》に頷《うなず》く。

すぐに運ばれてきたボトルは全体的に黒っぽく、金色で縁取《ふちど》られた白いラベルがシンプルな中に存在感を主張していた。

「何に乾杯《かんぱい》する？」

薫はグラスを持ち上げて、俺に尋《たず》ねる。グラスの中の液体は、黄金《こがね》色に輝《かがや》き、細やかな泡《あわ》が淡《あわ》い光の中で煌《きらめ》いていた。

「『特別な夜に』…かな」

そう答えた俺に、薫は少し眉《まゆ》を上げた。

特別な夜。俺が薫とこうして二人きりで食事をする事は、この先もうないだろう。

来週、薫がアメリカへ発《た》ったら、俺はできるだけ早く店を閉めて、今度こそ彼が追いつけないくらい遠くに行くつもりだった。

どれほど遠く離《はな》れれば、彼の事を忘れる事ができるのかわからないけれど。

「…じゃあ、俺達の特別な夜に」

カチン、とクリスタルが触《ふ》れ合う音の後、シャンパンを口に含《ふく》むと、主張の強い、エキゾチックなフレーバーが口の中に広がった。

嚥下《えんか》する喉《のど》に心地《ここち》よい痺《しび》れが走り、俺はすぐさま再びグラスに口を付けた。

「失礼致《いた》します」

やがてシェフ・ド・ラン（テーブル配膳《はいぜん》担当）とコミ・ド・ラン（配膳補佐《ほさ》係）が注文した料理を運んでくる。

鴨《かも》の胸肉とクルミにかけられたオレンジソースが、まるで絵画のように美しい前菜に始まり、アーティチョークのサラダ、リーキのスープ、そしてメインの鶉《うずら》のローストまで、すべての料理は文句なしにおいしかった。

「…最近は日本でもエピファニー（公現祭）をするんだな」

デザートのフォンダンショコラが運ばれてきた頃《ころ》、ふいに薫が、カソリックの行事の名前を口にした。

「どういうことだ？」

俺はグーズベリーのソースを焼きたてのショコラにかけながら、フランスに住んでいた頃には当たり前だった、懐《なつ》かしいその行事を思い出した。

「今日、打ち合わせで行った店でガレット・デ・ロワが売っていたから。店の人に聞いたら、ちゃんとフェーヴも入っているんだそうだ」

「へえ…それは本格的だな」

クリスマスが終わると、パリではガレット・デ・ロワがパティスリーの店頭に並び始める。

旧約聖書に出てくる、東方の三博士《はくし》——カスパール、バルタザールメルヒオール、——が星に導かれ、ベツレヘムのイエスへ、黄金《おうごん》、乳香《にゅうこう》、そして没薬《もつやく》をそれぞれ捧《ささ》げた日とされるエピファニーの日（一月六日）には、フランスの子供は友人同士で集まり、ガレット・デ・ロワというパイを食べる風習がある。

パイの中にはフェーヴ（ソラマメ）と呼ばれる、主に素焼きや陶器《とうき》の人形や王冠《おうかん》が埋《う》め込まれており、切り分けられたパイの中からこのフェーヴを引き当てた子が、その会の主役になれる、というゲームにも似た決まりごとが存在して。

男の子なら王様、女の子なら王妃《おうひ》になったその人物だけが、パイのおまけについてくる王冠を被《かぶ》り、王妃か王を指名できる権利を持つ事ができるのだ。

恋《こい》に興味を持ち始めた年頃《としごろ》の子供達にとって、ガレット・デ・ロワを食べる＝告白のチャンス、という図式が確立され、ドキドキと胸を躍《おど》らせながら楽しむ一日となる。

「俺も一つ注文したんだ。甥《おい》っ子達が面白《おもしろ》がるだろうと思って」

大和君と武流君。楽しげに話す薫に、俺は先程《さきほど》会ったばかりの二人の顔を思い出した。

そして、紫さんと雅孝にした約束の事も。

すべてに決着をつけなければ――そう考えた俺の口から、驚《おどろ》くほど滑《なめ》らかに言葉が出た。

「薫、どうして家を継《つ》がないなんて言ったんだ？」

「…それは、お前が気にする必要のない事だ」

薫は穏やかな表情を崩《くず》さず、しかし俺の質問を拒絶《きょぜつ》する。彼の唇《くちびる》に浮《う》かぶどこか澄《す》ましたような微笑《びしょう》に、俺は急に苛立《いらだ》ちを覚えた。

「友人として、気にするさ。薫、九条家を再興するのがお前の望みなんだろう？　家を継がないなんて…何でそんなバカみたいな事を家族に相談も無しに、勝手に決めたりするんだ…！」

「『友人として』…か」

薫の顔から、微笑が消える。精巧《せいこう》に作られた人形が発したようなその声色《こわいろ》に、俺はゴクリと息を呑《の》み込んだ。

「何、だよ…」

薫は友人であり、恋人だった。恋人でなくなった彼と、この先友人としてだけ付き合っていくなんて、空々しい願望だけれど。

薫もそう感じているのだろうか？　小さく笑ったその表情が、俺を皮肉っているようだった。

「別に。…まったく、どうせ姉貴が大騒《おおさわ》ぎしてお前のところに行ったんだろう。お前のこと、色々と聞かれたからな。けど、断っておくが、俺は家を継がないなんて言ってない。親戚《しんせき》のお節介《せっかい》が、見合いの話を強引《ごういん》に進めようとするから、結婚《けっこん》はしない、と言っただけだ」

「同じことだろ？」

　薫の考えている事は、ワケがわからない。俺はグラスの水を一口飲むと、速くなる鼓動《こどう》を落ち着かせようとした。

「結婚をしないまま家を継ぐなんて、別に今時、おかしな事じゃない。まあ、将来大和か武流が九条の家を継ぐのもよし、もし彼らが嫌《いや》だ、って言うなら、その時にまた別の道を考えればいい」

　薫はそう言って平然とデザートを食べ始めた。そして、呆気《あっけ》に取られている俺の表情に気付くと、デザートフォークを置き、静かに唇を横に広げた。

「修司、雅孝が会社に戻《もど》ったからには、俺はもう会社のトップになることもないし、俺は誰とも結婚しないと決めた。…それでもお前は、これから先も俺から逃《に》げ続けるのか？」

　ガタンッ！　勢いよく立ち上がった俺の背後で、今まで座っていた椅子が、派手な音を立てて倒《たお》れる。

　俺が築き上げてきた、嘘《うそ》で塗《ぬ》り固められた砦《とりで》は、薫のその一言で完全に崩壊《ほうかい》する。崩れ落ちた瓦礫《がれき》を前に、俺はどうしたらいいのかわからない。

　そして今、俺はじりじりと迫《せま》る追っ手に、逃げ道さえも塞《ふさ》がれようとしている。向かいの席で、勝軍の将である薫が、優美な微笑を湛《たた》えていた。

最初から、勝負は決まっていたのかもしれない。薫を好きだと気付いた瞬間《しゅんかん》から、俺はいつだって彼に負けているのだ。

けれど、まだ捕《つか》まるわけにはいかないんだ。

「どうかなさいましたか？」

大きな音を聞きつけたメートル・ド・テルが慌《あわ》てて飛んできたが、俺はその場を取り繕《つくろ》う余裕《よゆう》もなく、気がつけば店から足早に立ち去っていた。

「修司！」

デジャ・ヴ。

遠い昔、図書館から逃げ出したあの日と同じく、俺を呼ぶ薫の声が背後で響《ひび》いた。

「修司！　待てよ！」

しかしあの日と違《ちが》うのは、その後すぐに俺の後を追いかけて来た薫に捕まえられた事だ。

「離せよ…！」

「修司！　話を…」

「話ならもうしただろう？　それとも、今度はどんな嘘を吐《つ》くのか聞いて、俺の事を笑いたいのかよ!?」

摑《つか》まれた腕《うで》を振《ふ》りほどくと、瞬間、頰《ほお》に走る鋭《するど》い痛み。じんわりと熱くなる頰が、薫に殴《なぐ》られたのだと知らせる。

そっと頰に手を当てると、軽く笑いが零《こぼ》れた。その途端《とたん》口の中に感じた鈍《にぶ》い鉄の味に、俺は少し顔を顰《しか》める。

「悪かった。…殴るなんて…許してくれ…」

いっそ、嘘を吐き続けた俺を詰《なじ》って、倒れ込むまで殴ってくれればいいのに。けれど薫の指が、そのまま切れた俺の口元に優《やさ》しく触《ふ》れるから、俺は敗北感から顔を背《そむ》ける。

俺はこれまでたくさんの人に嘘をついてきたけれど、どこの誰より、自分自身に最大の嘘をついていた。

薫に恋をした日から、ずっと俺は恐《おそ》れていたんだ。

――いつか薫が俺の前から立ち去る日が来たら？　薫に別れを告げられたら、どうすればいいんだろう？

あまりに薫のことを愛しすぎた俺は、起こってもいないことに過剰《かじよう》に怯《おび》え、その結果、膨《ふく》れあがった臆病《おくびよう》心は知らないうちに間違《まちが》った方向へと俺を導いた。

――彼が俺から離《はな》れていくより前に、俺が離れればいいんだ。そうすれば、立ち上がれないくらい、ボロボロにならずに済む。

そして三年前、俺は薫の将来のために、彼の前から立ち去る事を考えながらも、無意識に自分を守る算段をとっていた。

「どうして…追いかけてくるんだよ？　どうして、俺になんかに執着《しゅうちゃく》するんだ？…お前は…優秀《しゅう》だし、誰からも愛される…。早く結婚して、子供を作って…俺、お前に幸せになってほしいんだ…」

ポロリ、と堪《こら》えきれずに俺の目から涙《なみだ》が落ちる。

薫の傍《そば》にいたい。彼がいないと俺は、生きる屍《しかばね》と同じなんだ。

けれど、彼の幸せのためなら、俺は一人でも生きていける。

どちらも本当の気持ちだが、それはあまりにアクロバティック過ぎる感情。

わかっているからこそ、苦しくて仕方がない。

薫は、クロークに預けたままだった俺のコートをそっと肩《かた》にかけてくれ、俺の顎《あご》に手をかけると、静かにキスをした。

「俺の幸せは、お前と一緒《いっしょ》に生きていく事だ。…それに、何が俺にとって幸せかを決めるのは、俺自身だろう？…修司、お前に望むのは、俺と生きていく事に、イエスかノーかを言う事だけだ」

唇を離した後、怒《おこ》ったような表情で、有無《うむ》を言わさぬ口ぶりで、それでも薫は未来へ続く道を共に歩もうと俺に言う。

イエス、と言えばいい。

心の中で、もう一人の自分が叫《さけ》ぶ。

「い…」

たった一言。それで長い嘘をつき続けた俺の偽《いつわ》りの日々は終わる。

「いえ…ない…俺には…」

ゆるり、と首を横に振り、俺はよろめくように薫から離れた。

できない。たくさんの嘘をついて、自分から薫を遠ざけて、傷つけて。そんな勝手な事をしたくせに、何もなかったかのように薫の腕に飛び込むなんて、虫がよすぎる。

俺は薫の事を愛している。彼を守る為《ため》なら、世界中を敵に回したって構わない。

もう一人の自分の気持ちと、薫の俺を愛してくれる気持ち――その二つに挟《はさ》まれたら、俺の薫を拒《こば》む気持ちもひっくり返る、なんて、オセロゲームのようにはいかないんだ。

「言えないんだ…」

いっそ、薫を想《おも》う気持ちがゲームのように単純ならよかった。あるいは学生時代のように、お互《たが》いの事だけを見つめていられる時代なら。

けれど、複雑になりすぎた様々な事柄《ことがら》のせいで、今の俺は、自分がどうするのが一番正しいのかさえ、わからなくなっていた。

「修司…」

薫は俺にもう一度近付き、俺の両手を掌《てのひら》で包むと、自身の目の高さまで引き上げる。力強く俺を見つめるその瞳《ひとみ》が、俺の選択《せんたく》を無に帰してしまいそうで怖《こわ》い。

「ごめん、薫」

そうなる前に、名残惜《なごりお》しい彼の指先を、再び手放さなければ。

俺は薫の手を振りほどくと、すぐさま数メートル先の道路まで走り、丁度やってきたタクシーに飛び乗った。

走り出した車のバックミラーに映った薫の姿がどんどん小さくなっていき、やがて見えなくなる。

「お客さん、どちらまで？」

「あ、えっと…」

行き先も告げずに飛び乗ったことに気付いて、俺は運転手に自宅の住所を告げた。そのまま走り続けるタクシーの窓にネオンの光が帯のように反射し、流れては消えていく。

流星のようなその景色《けしき》をぼんやりと眺《なが》める俺を乗せ、タクシーはひた走り、最後は自宅の前に停車する。

誰もいない家の中はしん、と静まり返って、時を刻む時計の音だけが俺を迎《むか》えた。

二階の自室に入り、灯《あか》りもつけずにベッドに倒れ込む。そのまま寝《ね》てしまいたかったが、俺はベッドサイドのテーブルでチカチカと小さな光が点滅《てんめつ》しているのに気付いた。

「…携帯《けいたい》、また持っていくの忘れてた…」

普段《ふだん》出歩く事が少ない俺は、携帯を自室に置きっぱなしにしてしまう事がよくある。今日も慌てて家を出たから、持って行くのを忘れてしまったのだ。

光を頼《たよ》りに携帯を手元に引き寄せれば、着信が三回。メッセージが一つ。そのどれもが薫からだった。

『──修司。さっき俺が言った事はすべて本当の気持ちだ。俺は、お前以外欲しくない。…どう言えば…わかってくれる…？』

そっと携帯を押し当てた俺の耳に、薫からのメッセージが流れてくる。心地《ここち》よく響く低音の中、微《かす》かに苦悩《くのう》が滲《にじ》む彼の声に、俺の胸は何か重たい物でぎゅっと押し潰《つぶ》されたように痛む。

『さっき話そうとしたんだけれど…年明けの六日、日本を発《た》つことになった。その前にもう一度会いたいんだ。修司、俺に最後のチャンスをくれないか…』

全身に、薫の声が染《し》み渡《わた》っていくようだった。彼のメッセージは、一月五日、店が終わった後に東京タワーの特別展望台に来て欲しい、と続いた。

『五日の夜までに答えを考えておいて欲しい。来なかったら…その時はお前を諦《あきら》める』

ぷつり、とそこで薫の声は途切《とぎ》れた。昔見た、古いアメリカのスパイドラマの、テープレコーダーで指令を告げた後のように。

俺はそのメッセージをもう一度聴《き》く。

もう一回、もう一回と。

何度も聴いた。

第七章

良い事も悪い事もすべて平等に包み込んで、時は流れていく。どれだけ時が止まればいいと願っていたとしても。

朝が来て夜が来て、そして今日、一月五日がやってきた。薫が言った、約束の日。

店は通常どおり開けてはいたが、自分でもちゃんと接客ができていたのか記憶《きおく》が定《さだ》かではない。注文を受けたメニューを間違《まちが》えそうになることもしばしばだった。

その一方で、俺は雅孝から頼《たの》まれた事だけは忘れず、征也君に不動産の書類を渡した。彼は俺の不安定な状態を案じ、時折俺を心配そうに振《ふ》り返っていたが、書類自体には興味を示してくれ、お客が引いた時間にそれをじっと見ていた。

「…じゃあ修司さん、さようなら」

「ありがとう。また火曜にね」

今日は時間が経《た》つのがひどく早いような気がする。いつの間にか閉店時間になり、征也君は後片付けを手伝ってくれた後、帰っていった。

がらんとした店内。明かりを消そうとしたその時、トラウザーズのポケットに入れていた携《けい》帯《たい》電話が鳴り出す。恐《おそ》る恐る携帯の着信表示を見ると、アレクの名前。

彼と話すのは、クリスマス休暇《きゅうか》をフランスで過ごすために日本を旅立つ日、空港からかけてくれた電話以来だった。

『もしもしシュウジ？　今、どこにいる？』

「…店だよ」

この数日、あまりに今日のことを考えすぎて、疲《つか》れてしまっていた。咄嗟《とっさ》にフランス語が出てこず、けれどアレクの話すフランス語は理解が出来るのだから、思考回路はまだ狂《くる》っていないのだろう。

『じゃあ、今から僕の家に来ない？　明日は定休日だから、ゆっくりできるでしょう？』

このタイミングで、思いがけないアレクからの誘《さそ》い。東京タワーに出かけるのを理由に、断ろうとして俺は、咄嗟に言葉に詰《つ》まる。

今更《いまさら》薫に会ってどうする？　雅孝にも言ったじゃないか、彼とは別の道を行くって！

『…そこには、どう行けばいい…？』

俺はふらふらとカウンターにあるペンを取り、アレクが説明する、タクシーで行く彼の家への道順をメモした。

東京タワーで、薫が待っているのに。

心の奥底からそう呼びかける声を、無理矢理閉じ込めて。

『いらっしゃい、シュウジ』

アレクの自宅は外国人が多く住む地域の、特に閑静《かんせい》な一角にあるマンションだった。中に入ると、玄関《げんかん》や長い廊下《ろうか》には、黒のフレームに入れられたモノクロームの写真が並び、ちょっとしたアート空間になっていた。

『リビングでゆっくりしてて。今、ワインを持っていくから』

リビングへ向かう途中《とちゅう》にあるキッチンにはデリで買って来たのか、ディルを散らしたスモークサーモンやチーズ類、ほうれん草のキッシュなどを盛りつけたお皿が並んでいるのが見える。

スペーシャスで開放的なリビングはモノトーンのインテリアでまとめられ、あちこちに飾《かざ》られた観葉植物が、心を和《なご》ませる。どこかアレクの人柄《ひとがら》を思わせるような心地のいい空間に、俺はホッとしつつ、リビングにあるソファへ座ろうとした。

しかしその瞬間《しゅんかん》、真正面の窓に広がる景色を見て俺は凍《こお》りつく。

パノラマのごとく横に広い大きな窓からは、東京タワーが見えた。暗闇《くらやみ》に浮《う》かぶその朱色《しゅいろ》の存在に、俺の胸は激しく震《ふる》える。

あそこに、薫がいる。今日を逃《のが》したら、彼とは一生会えないかもしれない。

『シュウジ…？』

窓ガラスに、ワインとグラスを持ったアレクの姿が映っていた。驚《おどろ》きに目を見張るその顔が凝視《ぎょうし》しているのは…同じく窓ガラスに映る、俺の顔。

俺の目からは止め処《ど》もなく涙《なみだ》が零《こぼ》れ、目の前の景色を見ていたくなくて目を閉じても、タワーと薫の顔が、瞼《まぶた》に焼きついて消えてくれない。

『一体どうしたの？』

アレクはローテーブルにワインとグラスを置くと、俺をソファに座らせ、自身も傍《かたわ》らに座った。心配そうに俺の肩《かた》を抱《だ》く彼への、積もり積もった罪悪感から俺はうな垂れ、両手で顔を覆《おお》う。

『アレク…俺はもう、どうしたらいいのかわからない。でも、行かなくちゃ…あそこへ…』

『…行くって、どこへ？』

このギリギリと胸を締《し》め付ける痛みは、東京タワーへ行けば治まるのだろうか？

混乱に心を呑《の》み込まれた俺は、ほとんど夢遊病者のように、「薫が待っているんだ…」と繰《く》り返し呟《つぶや》いた。

『…行かせない…』

俺の肩を抱くアレクの手に、グッと力がこもり、静かに呟く彼の声は、いつもの彼からはかけ離《はな》れた冷たい響《ひび》き。

『シュウジ。君は僕を選んだ。それなのに…そんなにクジョーが大切なのか？　僕を隠《かく》れ蓑《みの》にしてまで、彼から逃《に》げていたのに？』

光に揺《ゆ》れる木の葉のような輝《かがや》きを湛《たた》えていた瞳《ひとみ》は、今や色を変え、まるで森の奥に広がる深い沼《ぬま》のよう。俺が驚愕《きょうがく》の眼差《まなざ》しで見上げると、彼は唇《くちびる》の端《はし》を上げ、皮肉気な笑《え》みを浮《う》かべた。

『僕が気付いてないとでも思った？　クジョーが僕を見る目…いつも嫉妬《しっと》の炎《ほのお》が張り付いていたよ。それなのに君に対しては驚くほど鈍《にぶ》いよね…イヴの日、あのレストランで、彼がオーナーの女性と親しげに話していた時の君の顔を見れば、すぐに分かるのに…』

君も、同じ気持ちだって——アレクの唇がそう動くのを俺は、スローモーションのように感じていた。

『騙《だま》していたことに…言い訳は、しない…全部俺が悪い…』

真実の中には口に出さない方がいいものもある——フランスの諺《ことわざ》にそうあるが、俺がアレクに対してした事は、とても卑怯《ひきょう》な種類のものだ。彼が怒《いか》り、俺を責めるのは当然の事だと思う。

アレクは俺の目を見たまま、無言で首を横に振ると、いきなり俺を抱きしめ、そのままソファへと倒《たお》れた。

『…アレク…！』

腕《うで》を振り上げ抵抗《ていこう》しようとしたが、いち早く俺の腕を摑《つか》んだアレクは、咄嗟に出たもう片方の腕も制して、その細身の体からは想像できないような強い力で俺の両手首を拘束《こうそく》した。

『謝って…それから？　終わりにするの？…そんなの…許さないよ…』

『…！』

真上から俺を見下ろす彼の瞳に浮かぶ、青白い炎。アレクに対して、ノン、と拒《こば》む言葉は、すばやく降りてきたキスに奪《うば》われた。俺は激しく首を振ってキスを解こうとしたが、グッ、と顎《あご》を摑《つか》まれ、強引《ごういん》に舌を搦《から》め捕《と》られる。

乱暴なくらい激しいキスなのに、その中には彼の切ないまでの想《おも》いが込められていた。

こんなにも君を愛しているのに、と――

『…僕は、謝罪が聞きたいわけじゃない。君の方は、謝れば救われるのかもしれないけど』

そうだ。全《すべ》て、俺が悪い。

結局俺は、どこまでもアレクに甘えていた。愛されている、という気持ちに驕《おご》り、偽《いつわ》りの愛を口にした。…そのくせ、瞳はいつも違《ちが》う方を見つめていて。

裏切りには高い代償《だいしょう》が伴《ともな》う――このまま無理矢理抱かれることになっても、それは自業自得《じごうじとく》かもしれない。

諦《あきら》めにも似た気持ちで俺は静かに目をつぶると、抵抗する力を解いた。

『シュウジ…今だけ、すべてを忘れて楽しもうよ…気持ちよくなればすぐにどうでもよくなる…好きだなんて気持ちとセックスは全然別物だって…』

その心に追い討《う》ちをかけるように耳に吹《ふ》き込まれる、誘惑《ゆうわく》の囁《ささや》き。力を抜《ぬ》いた俺のデニムからシャツが引き抜かれ、すぐさま裾《すそ》から入り込んだアレクの手が、素肌《すはだ》に触《ふ》れる。

「…っ…!」

その瞬間、俺は身の毛もよだつほどの嫌悪《けんお》感を抱《いだ》いた。

嫌《いや》だ、触《さわ》らないでくれ！

薫以外の人間の手が体に触れてくる事が、吐《は》き気がする程《ほど》気持ちが悪い。俺はこみ上げる嘔《おう》吐《と》感に、細かく体を震わせた。

俺はバカだ。こんなギリギリのところで気付くなんて。

今まで、俺は同性しか愛せないのだと思っていた。薫と別れてから、それまでと変わらず、女性に対して欲望を持ったこともなかったし、この数年、心惹《ひ》かれる男性がいないのは、薫への想いが消えていないからだと、そう思っていた。

『…か…お…る…』

喉《のど》の奥から絞《しぼ》り出されたのは、俺が愛する、ただ一人の名前。

過去も、現在も、そして未来も。俺は薫だけしか欲しくない。

どうして薫じゃなきゃだめなのか、その答えが俺の中ではっきりした。

彼だけが、俺の熱情、戸惑《とまど》い、切なさ、そして痛みを混ぜた、愛という不確かなものを確かなものへと変えられるから。

『…薫…かおる…』

俺の感情のベクトルは、どうやっても薫にしか向いていかない。瞼の向こうに薫の姿を思い浮かべた俺の目から、堪《こら》えきれない涙がはらはらと零れ落ちた。

『…やめた』

気勢を殺《そ》がれた、というような一息をついてアレクは、ふいに俺を拘束していた腕を緩《ゆる》める。離れていく気配にぎゅっと瞑《つぶ》っていた目をソロリと開けると、彼はソファから少し離れたテーブルの椅子《いす》に座り、卓上《たくじょう》のワインに手を伸《の》ばしていた。

ドブドブとグラスに赤ワインを注ぎ、あおるようにそれを飲み干すアレクを、俺はしばし呆《ぼう》然《ぜん》と見つめていたが、己《おのれ》の状況《じょうきょう》を思い出し、慌《あわ》てて起き上がる。

『言っとくけど、やめたのは、あなたのクジョーへの想いの純真さとかいうヤツにほだされたわけじゃないよ？　嫌がるのを無理やり押さえつけてヤるなんて、僕の趣味《しゅみ》じゃないんだ』

廊下へと繋《つな》がるドアのノブに手をかけた俺の背後から、アレクの乾《かわ》いた声が飛ぶ。肩越《かたご》しに振《ふ》り返ると、彼はグラスを手にしたまま上を向き、天井《てんじょう》を眺《なが》めていた。

もうアレクは俺の事を呼ぶ時に、親しい間柄《あいだがら》に使うｔｕ（君）ではなく、ｖｏｕｓ（あなた）に戻《もど》っていた。

一旦《いったん》、ｔｕと呼んだ相手をｖｏｕｓに戻すことはめったにない。アレクは再び俺をｔｕと呼ぶことはないだろう。それが彼なりの別れのしるしだった。

『…地下鉄の駅は入り口を出て左』

相変わらず俺の方を見向きもせず、アレクはぶっきらぼうにそう言って、手をひらひらと振る。

早く出て行ってくれ、と言いたげに。そして、さようなら、とも言うように。

『…さよなら』

もっとマシな事を言うべきなのかもしれない。でも、俺の口から出たのはその言葉だけだった。そのまま俺はアレクの部屋を出るとエレベーターに乗らず、非常階段を駆《か》け降りた。

薫に会いたい。それだけが俺の心を占《し》めていた。

時計は既《すで》に九時近くをさしており、特別展望台への入場は九時半まで。俺は腕《うで》時計を見つつマンションの玄関《げんかん》を出ると、駅までの道を全速力で駆け出《だ》した。


急いでいる時は、タクシーを始め車は使わず、電車を使うのが一番早い。うっかり渋滞《じゅうたい》などに引っかかってしまったら、ただでさえ間に合うか分からない約束に確実に間に合わなくなってしまうから。

切符《きっぷ》を買うのももどかしく、ホームへと続くエスカレーターを駆け降りる俺を、同じ方向へ進む何人もの乗客が何事かと見ていたが、俺はその状況など頓着《とんちゃく》せず、閉まりかけていた地下鉄のドアに向かって、文字通り飛び乗った。

無事に乗れたはいいが今度は静かな車内に、これは本当に進んでいるのかと、いつものスピードが出ていないんじゃないかと、俺は窓の外の真っ暗な空間を見ながら何度もそう思った。

電車は確実に進んでいて、一つ、また一つと次の駅に向かっていっているのに、俺は双六《すごろく》で一つずつしか進めない時の様な歯がゆさを、乗っている間中感じていた。

——間に合うと思えば、間に合う。そう思って落ち着いて進めばいい。

イライラとする俺の頭に、昔、俺が慌てて何かをしようとする度《たび》に、祖父が俺に言ってくれた言葉が蘇《よみがえ》る。

間に合う——これほど強く、祈《いの》るように思ったことはなかった。

薫に会って、最初に言う事は何かと考えた俺の頭の中に、様々な言葉が浮かんでは消え、消えては浮かんだ。しかし、さんざんに思いを巡《めぐ》らしたが、結局のところ伝えたいことはたった一つなのだと思い知る。

愛している、と。

大切なのは、今までじゃなく、これからだ。その答えに辿《たど》りつくまで、とんでもなく長い回り道をしてしまった。

いつだって目の前には、道しるべが必要ないくらい真っ直《す》ぐな道が用意されていたのに。

『——ただ今の時間をもちまして閉館とさせていただきます』

間に合うと思って走ってきた俺の耳に飛び込んできたのは、東京タワーの入り口付近から流れるアナウンス。

それは無情にも俺へ通告する。

間に合わなかった、と。

地下鉄に乗っている間を除いて、ずっと全速力で走ってきた俺の息は、もう限界寸前のところまできていた。

つけていたマフラーと手袋《てぶくろ》は、走っているうちに暑くなって、とっくの昔にはずしていた。今や心臓は口から飛び出しそうだし、肺からでる息は、さっきからヒューヒューと乾いた音がしている。

「すみ、ません…」

それでも諦めきれない俺は苦しい息を整えながら、近くのスタッフと思《おぼ》しき人々に、薫の外見を説明し、彼を見なかっただろうかと尋《たず》ねてみる。しかしその場にいる誰もが首を振り、役に立てなくて済まない、といった表情を浮《う》かべた。

「ありがとうございます…」

俺は外へ出ると、力なく歩き出した。酷使《こくし》した足はまるで棒のようで、意識していないとその場に膝《ひざ》を突いてしまいそうなほどだ。

気持ちが沈《しず》むと、目線が下がる。今の俺の状態は正にそれで、見えているのは自分の足元だけ。

もう、一歩も歩けないような気がした。

俺はその場に崩《くず》れそうになるのを何とか堪えて、震《ふる》える膝を両手で押さえる。俯《うつむ》く俺に冷たい風が容赦《ようしゃ》なく吹《ふ》きつけ、さっきまで燃えるようだった体の熱を、一気に奪《うば》い取っていくようだった。

帰ろう。帰って熱い風呂《ふろ》に入ってベッドに入り、そしてこれからのことを考えよう。

望みは絶たれたわけではない。ほんの少しの希望がある限り、それを辿って、どこまでも行けばいいだけだ。

今度は、俺が薫を追いかける番なのだから。

「でももう、遅《おそ》いかもしれないけど、な…」

どれだけ胸の内では意気揚々《ようよう》とこれからの事を思っていても、実際に口に出たのは、乾いた本音。

「…っ…」

土壇場《どたんば》で弱音を吐いてしまう自分を何とか奮い立たせたくて、俺は今一度東京タワーを見ようと、視線を上げた。

「…確かに、遅い」

その時、ふいに前方の暗闇《くらやみ》の中から声がした。機嫌《きげん》の悪そうな、低くぶっきらぼうな声。

でも、俺が今一番聞きたかった声。

「薫…！」

もつれそうになる足を何とか動かして、声のした方へ走れば、襟《えり》を立てたコートに首を埋《うず》めた薫が、ポケットに手を突《つ》っ込んだままの状態で立っていた。

「何時間待ったと思ってる？…もう少しで根が生えそうだったぞ」

いつから、どれくらいの時間ここにいたのかはわからないが、薫のコートに飛び込むと、そこから冬の香《かお》りがした。

「ごめん…薫…ごめん…」

薫に会ったら一番最初に『愛している』と言うはずだったのに、彼の胸に顔を埋めた俺の口は、壊《こわ》れたテープレコーダーのように、『ごめん』を繰《く》り返すばかりで。

「謝るのはもういい」

再び不機嫌な声で薫が言うから、俺は恐《おそ》る恐る顔を上げる。その途端《とたん》鼻を摘《つ》まれ、俺の体は、元の広い胸にスッポリと包み込まれた。

「俺は寒い、修司」

ぎゅっ、と強く抱《だ》きしめられ、俺はおずおずと再び顔を上げた。見上げた先の薫の唇《くちびる》が少し色をなくしているのを見て、俺は持っていたマフラーを薫の首に巻きつけると、両端《りょうはし》を軽く下へ引っ張り、そのまま薫の唇を塞《ふさ》いだ。

俺の熱が、彼へと移りますように。そう思いながら。

「…それくらいじゃ、温かくはならない」

唇を離《はな》した後、見上げた先には童話の中に出てくる王子のように、甘く蕩《とろ》けるような、けれどどこか不敵さが混じる笑顔《えがお》で微笑《ほほえ》む男の姿。

もしかしたら物語の中の王子達は、じっと待つフリをして、罠《わな》を仕掛《しか》けていたのかもしれない。

愛《いと》しい人が、自分の胸に飛び込んでくるように。

「じゃあ、どこかで温かい物でも…」

買ってくる。そう続けようとした俺の唇に、薫は人差し指を当て、黙《だま》らせた。

「お前の体で温めろ、って言ってんだ」

指を当てたままで俺の上唇に小さくキスをした薫はその後で、わかってないな、と言いたげに唇の端を片方だけ上げた。

「…！」

それはこの上なく甘美《かんび》で、けれど淫靡《いんび》な誘《さそ》い。俺は恥《は》ずかしさに薫を睨《にら》んだが、彼は当然の事を言ったまで、という顔で俺を見つめるだけ。

「今夜は俺がもういいって言うまで、温め続けてもらうからな」

傲慢《ごうまん》な物言いで、だけど罪作りなくらい愛しい、俺の王子様。

「覚悟《かくご》はいいか…？」

　俺は返事をする代わりにもう一度、薫の唇にキスをした。

「ん…ぅ…ぁ…」

　シャワーの水音に交じり、さっきからバスルームに響《ひび》き渡《わた》るのはキスを交《か》わす音と、くぐもった喘《あえ》ぎ声。

「ふぅ…ん…ぅ」

　薫の舌が俺の口腔《こうくう》内を激しく蹂躙《じゆうりん》し、上顎《うわあご》を優《やさ》しく舐《な》める。それはキスと言うより侵食《しんしょく》と呼ぶのに相応《ふさわ》しく、薫は唇と舌を使って、俺の唇、舌、そして口の中の粘膜《ねんまく》全《すべ》てを奪い尽《つ》くす。

　その行為《こうい》は野生動物のような獰猛《どうもう》さを秘《ひ》めているのにひどくセクシーで、俺は彼の濡《ぬ》れた髪《かみ》の中に手を差し込み、快感を伝えるように時折後ろ髪を引っ張った。

「かお…る…も…ぅ…」

　シャワーブースの壁《かべ》に寄りかかるように背中を預けていた俺は、火照《ほて》る体を持て余していた。

　さっきまで熱い湯船に浸《つ》かっていたせいもあるが、何より、薫のキスは腰《こし》にクるし、長い間求めていた気持ちが暴走している俺の頭は、快感をコントロールする術を失っていた。

「もう、何だ？」

「のぼせそう…そと、に…」

出たい、と俺が懇願《こんがん》すると薫はレバーを上げ、シャワーを止める。しかしシャワーブースから出ようとした俺の腕《うで》を摑《つか》み、腰に手を回すと片手で傍《そば》にあるボトルを取った。そのまま器用に蓋《ふた》を開け、俺の胸の辺りにそれを垂らす。

「あっ…何っ…してっ…！」

「…まだ、洗ってないだろ」

キスだけで敏感《びんかん》になっていた俺の肌《はだ》は、シャワージェルのトロリとした冷たい感触《かんしょく》に反応してしまう。その上、薫の掌《てのひら》が俺の胸の粒《つぶ》を中心に滑《すべ》り出すから、俺の体はますます熱を帯びてきた。

「やっ…かおる…」

「じっとしてろ。洗ってやるから」

「あっ…！　そんなのっ…洗うっていわ…ないっ…！」

全身を洗ってやると言いながら、薫はスポンジも持たずにジェルをつけた手だけで俺の体中を撫《な》で擦《さす》る。特に感じやすい胸や太ももの内側は撫でるというよりも揉《も》むように触《ふ》れていくから、俺は身を捩《よじ》って薫の手から逃《のが》れようとした。しかしその動きを封《ふう》じるように薫は弄《いじ》られてつん、と立ち上がっていた俺の乳首《ちくび》をキュッ、と強く摘まむ。

「ひっ…んっ…！」

その途端、俺の体はビクリとしなり、堪《たま》らないほどの疼《うず》きが下半身を直撃《ちょくげき》した。ぱたたっ、と俺のペニスから白濁《はくだく》とした液体が迸《ほとばし》り、俺の腰が小刻みに揺《ゆ》れる。

「あっ…ぁ…は…ぁ…」

放出した熱に、俺の目の前はフラッシュをたかれたようにスパークする。くた、と薫の鋼のような筋肉の広い胸に体を預ければ、爆《は》ぜたばかりの俺の中心に不埒《ふらち》な手が伸《の》びる。

「ここも…きれいにしないと…な…」

「うぅ…んっ」

南国のフルーツの香りのするそのジェルがトロリと俺のペニスに垂らされ、ミルク色のそれは俺の出したばかりの蜜《みつ》と混じり、薫の扱《しご》く指の動きをよりスムーズにした。

くちゅっ、くちゅ、とペニスを上下に大きく擦《こす》ると、手の動きに合わせてぬめりはいっそう強くなる。しかし後ろの双球《そうきゅう》を揉みしだいた後で、薫はわざとゆっくりと俺のペニスを掌全体で擦り、じっくりと燻《いぶ》る様に快楽を引き出していく。

視線を下に降ろせば、薫の男らしい中心はまだ半分しか頭をもたげていないのに、俺のはというと、一回放出しているはずなのに、もう完全に立ち上がってきているのが恥ずかしい。俺は出来るだけ絶頂が来るのを遅《おく》らせようと、快感から意識を逸《そ》らすことを試みた。

「修司…？」

顔を背《そむ》け、歯を食いしばっている俺の様子に気付いた薫が、手淫《しゅいん》を施《ほどこ》している手と反対の掌で、俺の頬《ほお》に触れてくる。

「どうした…？」

「だって…俺ばっかり…。俺だけじゃ、やだ…」

ちゃんと薫にも気持ちよくなって欲しい。俺ばかり気持ちよくなっても全然嬉《うれ》しくない。

俺がそう訴《うった》えると、薫は少し目を見開いて驚《おどろ》きの表情を見せたが、俺の手を取り、掌に唇を押し付ける。

「じゃあ、後ろ向いて…」

「う…ん」

熱い眼差《まなざ》しで見つめられ、俺はクラリとしながら言われるままに後ろを向く。これから始まることへの予感に肌が一瞬《いっしゅん》で総毛立ち、その途端、シャワージェルをたっぷりと纏《まと》った薫の長い指が、ゆっくりと俺の後ろへ挿入《そうにゅう》された。

「ああ…んっ…！」

広いシャワーブース内に、俺の上げた嬌声《きょうせい》が響き渡る。そして指が一本、また一本と増えていくにつれて、そしてそれらが中を抉《えぐ》るように、かき混ぜるように動き出すにつれて、声はより高く、はしたない響きになっていく。

「…あ…あ…や…ぁ…ゆ、びっ…」

今や薫の両の指が俺の後ろを抉り、指を出し入れされる度《たび》にぐち、ぐちゅ、とジェルだけじゃない滑《ぬめ》りに溢《あふ》れた音を立てていく。止まらない快感に俺の背中はしなり、壁についていた手の力が抜《ぬ》けていく。

その結果、薫に向かってお尻《しり》を突《つ》き出すような恰好《かっこう》になったけれど、俺は恥ずかしいとか、そんな感情を持つ余裕《よゆう》なんてなかった。ただ、薫の指がもっと奥まで来て欲しいと、腰を指の動きに合わせて揺らめかせるだけ。

「嫌《いや》？…じゃ、やめようか…？」

「あぁんっ…や、だ…ゆびぃ…もっと…！」

俺の言葉を拒絶《きょぜつ》と勘違《かんちが》いした様子の薫が、いきなり弄っていた全ての指を俺の後ろから引き抜いた。執拗《しつよう》に弄られたせいで熱く熟《う》れた俺のソコは急な喪失感《そうしつかん》に喘ぎ、俺は悲鳴のような声を上げる。

「もっと…何だ？」

「ゆびで、もっと…奥まで…！」

「こう…？」

言葉では言い表せない程《ほど》の快感を得られるポイントを、薫の長い指が撫で、擦り上げる。

「あああっ…ソコ…そこっ…もっと…こすっ…てっ…！」

何度も経験したその気持ちよさを思い出すと、羞恥心《しゅうちしん》を全て棚《たな》に上げてもよくなった。俺はねだるようにゆるりと腰を回し、薫を振《ふ》り返る。

「指だけでいいのか…？　お前のココ…熱くヒクついて…別のモノを欲しがっているみたいだ

けど…？」

「はっ…ぁ…ん！」

スッと目を細めた薫が俺の背中に覆《おお》いかぶさるように体を折ると、俺の耳元でそう囁《ささや》く。そうしながら中指を少しだけ俺の後ろに突きたて、ぐるりと回しながらクイ、と粘膜を撫でるように折り曲げる。

「…お、く…奥に…お前のがっ…欲しい、よ…！」

叫《さけ》ぶようにそう言った俺の後ろに、いきなり薫の太くて長いペニスがズン、と押し込まれた。

「…ひっ…あぁ…」

一瞬の衝撃《しょうげき》の後、ゾクゾクとするような痺《しび》れが俺の背中を一直線に貫《つらぬ》き、俺は少しだけイッてしまった。

「あんっ、あっ、あっ…うぅ…んっ…！」

薫は俺の腰を掴み、短いスパンで挿入を繰《く》り返しながらも片方の手で俺のペニス——裏側の繊細《せんさい》な部分——を親指で擦り、時折先の部分を爪《つめ》で刺激《しげき》する。先端《せんたん》の割れ目からぷつっ、ぷつっ、と真珠《しんじゅ》のように次々と新しい蜜が生まれ、とろり、とろっ…と流れ落ちていった。

「修司…」

グイッ、と一層激しく俺の腰《こし》を掴んだ薫の口から、堪らない、という様な低い呻《うめ》き声が漏《も》れる。そっと視線を後ろにやれば、そこには快感に身を委《ゆだ》ねながらも精悍《せいかん》さを失わない薫がいた。

「かお、る…顔、前から見たい…」

愛《いと》おしさに思わず彼の名を呼べば、気付いた薫が俺の体を起こした。

獣《けもの》のように愛し合うのもいいけれど、やっぱり俺は彼の顔を見ながら愛されるのがいい。それにイク時の彼の顔を、間近に見る事が出来るし。

「いい…このままで…」

挿入されたまま体を返されるのは痛みを少し伴《ともな》うから、薫は一旦《いったん》ペニスを引き抜こうとした。けれどほんの少しでも俺の中から彼がいなくなるのが嫌だった俺は、敢《あ》えて入れたままで体を反転することを望む。

「ん…」

改めて正面から向き合った俺は、薫の顎《あご》の辺りに口付けた。それが合図のように薫が俺の頬に手を添《そ》え、深い口付けを仕掛《しか》けてきた。

「ふっ…んんっ…ん…」

そのまま揺らめきながらキスを交《か》わし、それは徐々《じょじょ》にお互《たが》いの唾液《だえき》を飲み込むような深いものへと変化していく。キスが深くなるにつれて擦り上げる腰の動きも速くなり、そして絶頂はいきなりやってきた。

「はっ…あ…！」

「くっ…！」

ドクンッ、と合わさった下腹部を俺の温かな液体がべっとりと染めていったすぐ後に、俺の奥に同じものが爆ぜた。

「は…ぁ…あ…」

抱《だ》き合った俺たちはそのままお互いの肩《かた》に頭を乗せて息をしていたが、落ち着いてきたところで薫の手がシャワーのレバーを下げ、熱情の塊《かたまり》を流していった。

今度は本当に髪《かみ》と体を洗うと、やっとの事で俺達は浴室から出ることになった。クリーム色の柔《やわ》らかなタオルで体を拭《ふ》いてから室内に戻《もど》ると、時計の針は俺たちがバスルームへ入ってから一時間近くも時を進めていた。

薫の滞在《たいざい》しているホテルに着いてすぐ、俺達は冷えた体を温めるためにバスルームへ入ったはずなのに、途中《とちゅう》から卑猥《ひわい》な行動へと発展していってしまった。これというのも今、冷蔵庫からミネラルウォーターを取り出しているケダモノ男のせいだ。

この野郎《やろう》、と睨《にら》み付ける様に薫の姿を目で追えば、腰にタオルを巻きつけただけの、男らしいすっきりとした体のラインが官能的で、機嫌《きげん》を損《そこ》ねていたはずなのに、俺はしばしの間、その彫刻《ちょうこく》めいた体に見惚《みと》れてしまう。

服を着ている時にはあまり目立たないが、東洋人らしからぬ均整の取れた薫の筋肉質な体は、しなやかに獲物《えもの》に近寄る黒ヒョウにも似ていて。

「…お前も飲むか?」

じっと見ていたのを、水が欲しいのかと勘違いしたらしい。あまりのムードのなさに、俺はガクリと肩を落としかけたが、先程の運動(?)で喉《のど》が渇《かわ》いているのも確かだった。バスローブを羽織って薫に近付くと、手渡《てわた》されたボトルの水を一気に仰《あお》ぐ。

「…やっぱり、お前って野生の動物めいてる」

水を飲み終えた俺を後ろから抱きしめてきた薫は、俺の頸動脈《けいどうみゃく》のあたりにひたりと唇《くちびる》を寄せた。唇で軽く薄《うす》い皮膚《ひふ》を撫《な》でていたかと思えば、軽く歯を立てた後、舌で舐《な》める。

舌のざらりとした感触《かんしょく》に肌《はだ》が粟立《あわだ》つ。気持ちが悪いのではなくむしろその反対で、俺の体はこれから始まる淫靡《いんび》な時を思い、密《ひそ》かに悦《よろこ》んでいた。

「ドーブツって…節操ないって意味か?」

まあ、お前限定という意味では当たっているけどな、と言いながら薫は、俺の着ているバスローブの合わせから手を入れ、乳首《ちくび》全体を掌《てのひら》で丸く円を描《えが》くように動かした。

「あ…んっ…」

既《すで》に硬《かた》くなっていたその粒《つぶ》を掌で転がされると、ツキン、とした甘い痛みが俺の神経に擦《す》り込まれてゆく。

「それで…? 俺が獣だったら…お前はさしずめ俺に食べられる哀《あわ》れなバンビか?」

唇はまだ俺の首筋をなぞり、含《ふく》み笑《わら》いを浮《う》かべた薫の吐息《といき》が鎖骨《さこつ》の辺りを撫でる。俺は顔を反らせて後頭部を彼の肩に預けると、その耳元に囁いた。

「…そうだ…だから美味《おい》しく食べてくれ…」

ゆっくりと、薫の唇が俺の首筋を上へ上へと上っていき、耳たぶを挟《はさ》んだ。ぴちゃり、とわざと音を立てて舐めるのも、薫なりの確認《かくにん》だった。これから獣のように俺の全《すべ》てを奪《うば》って、思いのままに蹂躙《じゅうりん》する——それは彼だけに許された特権だと。

「食うからには、骨までしゃぶるぞ」

唸《うな》るようにそう言って、薫は俺を抱き上げ、ベッドルームへと進んでいく。

長い夜になりそうな予感がした。


「明かり…消してくれよ」

広いダブルサイズのベッドには、サイドに室内の明かりを消すことができるボタンがついていた。しかし薫は両側に付いているランプこそ消したものの、室内の明かりをギリギリに絞《しぼ》ったままの状態で俺を抱こうとしていた。

ぼんやりと体が浮かび上がるその微妙《びみょう》な明るさは、なんだか落ち着かない。何より薫に見られている、と思うだけで俺の息は上がってしまうのだ。もう幾度《いくど》となくお互い、肌を見せ合っているというのに。

「真っ暗になったら、何がどこにあるのかわからないだろ？　お前を食べるんだから…味わう部分をよく見ないとな」

暗闇《くらやみ》の中で食事をする奴《やつ》なんていない、と薫は言ってニヤリと笑うと、俺の鎖骨の辺りに嚙《か》み付くようなキスをした。そのまま荒々《あらあら》しく俺の着ていたバスローブを剝《は》ぐと、指先から手首、二の腕《うで》をはじめ、各パーツを舌と唇はもちろん、口全体を使って舐めしゃぶる。

「や…そんな…っ…とこっ…！」

足の指を口に含んで、尖《とが》らせた舌で足の指の間を器用になぞる。ゾクゾクとする感覚が背中を駆《か》け上がり、俺の体は何度もベッドの上でバウンドした。

しかし俺が首を振って『嫌《いや》だ』と口にすればするほど、薫は同じ所を何度も舐め、その執拗《しつよう》な追いつめに俺の目から涙《なみだ》がこぼれる。

「やだ…やだっ…」

ふくらはぎから膝《ひざ》の裏側、太もものやわらかい部分までを舐められ、時折甘く嚙まれた。そのまま腰を少し浮かされ、双球《そうきゅう》と後ろを行ったり来たりする舌の動き――ぴちゃぴちゃと後孔《こうこう》を舐め、細く尖らせた舌先で奥に軽くねじ込ませる。

頭がおかしくなりそうなその感触に、俺は必死で体を捻《ひね》り、離《はな》れようとするが、頑丈《がんじょう》な薫という檻《おり》からは抜《ぬ》け出せるはずもなく、ただされるがままに享受《きょうじゅ》するしかない。

「逃《に》げるな…修司」

ソンナ　コトヲサレタラ　モット　ナカセタク　ナル

逃げを打った体を引き戻された後、涙を唇で拭《ぬぐ》われ、鼻先で耳を撫でられる。熱い吐息と共に聞こえてきた薫の声に、ぼんやりと顔を上げれば、そこには獰猛《どうもう》に目を光らせる美しい獣の姿。

逃げたいのに、逃げられない。

威嚇《いかく》するような、けれども限りない熱情で俺を射貫いた視線に、ふるりと立ち上がってきた俺のペニス。その反応に満足したように薫は喉を鳴らすと、野蛮《やばん》な仕種《しぐさ》でスープを飲むように、蜜《みつ》で絡《から》まるそれを真上から口の中に含んだ。

「あっ…ぁっ…ん――――！」

後ろに長くて美しい指を挿入《そうにゅう》され、くぷり、と突《つ》き立てた二本の指にぐるりとかき混ぜられ、内壁《ないへき》を擦《こす》り上げる動きに感じた俺は、薫の口の中に蜜を大量に迸《ほとばし》らせた。

「やぁ…も…ぅ…」

俺の絶頂に合わせて指を引き抜いた薫は、俺の膝を抱《かか》えて太ももを折り込むと、再び後ろの秘部をじっくりと時間をかけて味わおうとするから、その淫靡な舌使いに俺は情けない悲鳴を上げた。

「焦《じ》らす、なっ…早くっ…！」

俺の抗議《こうぎ》にも薫は『もっと味わわせろ』とばかりに、後ろをぐしょぐしょに濡《ぬ》れるまで舐めていく。しかし俺の熱く解《ほぐ》れすぎた後ろは、指でも、舌でもない、もっと確実で質感のあるモノを求めていた。

「もうメインか？　早すぎるな…」

俺が切羽詰《せっぱつ》まった声ではやく…と繰《く》り返すのを聞いて、薫は意地悪く囁《ささや》く。俺は苦しい息のもと、上半身を起こし、緑なす彼の黒髪《くろかみ》を思い切りぐしゃぐしゃとかき回した。

「獣《けもの》に…フルコースは、必要ないっ…だろ…早く、お前の…」

「俺の…何が欲しい？」

わかっているくせに、薫はまだ意地悪いままで聞き返す。右手の親指で下唇をなぞりながら。

俺はじれったさに暴れ出しそうな気持ちを何とか抑《おさ》えつけ、策を凝《こ》らして彼の頭を引き寄せた。

「お前の…大きくて…長いナイフで…俺を早く切り刻んでくれ、よ…」

彼の上唇をそっと含んで甘嚙《あまが》みすると、そうお願いする。『獲物が捕食者《ほしょく》にねだる』なんて、前代未聞だが、薫はその志向が大いに気に入ったらしい。

「あ…っ…あああっ！」

心臓が跳《は》ね上がるほどの淫《みだ》らな予感を感じさせる瞳《ひとみ》が俺を見下ろし、無言のまま、彼の鋭《するど》い剣《けん》が一気に俺を貫《つらぬ》いた。

「んんっ！…あっ、あんっ…あっ…ふぅ…んっ…」

踊《おど》るように、歌うようにリズミカルに跳ねる彼の腰《こし》つきは、俺の中で激しさを増して行く。

俺はその動きに合わせて腰を振《ふ》りながら、彼とのダンスを楽しんだ。ぴったりと重なった俺達のリズムは、やがて誰にも真似《まね》できない旋律《せんりつ》を織り成していく。

「しゅう…じ…」

掠《かす》れた声で俺の名前を呼ぶ薫の声まで、俺の性感帯を刺戟《しげき》する。俺は彼の首を抱《だ》きしめ、髪に、額に、忙《せわ》しなくキスの雨を降らす。それに合わせて薫の腰の動きが一層深いものになっていくのを感じた。

「かおる…かお、る…ぅ…」

速くなる律動に翻弄《ほんろう》されながらも、俺は必死で彼の名前を呼び続けた。その途端《とたん》薫の手が俺の手を摑《つか》んで指を絡めるから、俺は嬉《うれ》しくて指先に力を込めてぎゅっと握《にぎ》り返す。

愛《いと》しくて、この上なく大切な俺の恋人《こいびと》。もうこの手を二度と離さない。

「はっ…ぁ…んっ…んっ！」

「…っ」

薫の腰が強く俺の後ろに叩《たた》きつけられた瞬間《しゅんかん》、ビクビクッ、と俺の腰も痙攣《けいれん》したように震《ふる》える。キュウッ、と俺の内部が薫のペニスを締《し》め付けると、ドロリと熱を孕《はら》んだ液体が俺の最奥《さいおう》へと濁流《だくりゅう》のように流れ込んできた。

その流れは俺の中を濡らしただけでなく、飢《う》えた心まで満たしていくようだった。

そろ、と目を開けると、隣《となり》に薫がいない。驚《おどろ》いて体を起こすと、体中が軋《きし》むように痛かった。それでもその痛みは苛《さいな》まれるほどの辛《つら》さではなく、むしろ甘くヒリつくような感覚の方が強い。特に足の間から感じる鈍痛《どんつう》は、俺の頬《ほお》を熱くさせるもので。

「薫…？」

何度も抱き合った体は、汗《あせ》と体液でドロドロの筈《はず》だった。けれども俺の体は洗い立てのようにサラサラとしていて、それは今まで隣にいた薫が清めてくれたのだとわかる。

「修司、こっちだ」

俺は注意深く体を起こすとそっとベッドを抜け出した。安楽椅子《いす》の上に掛《か》けてあったバスローブを羽織って、薫の声がした隣のリビングの方へ進む。

ワンベッドルームのスウィートは北欧《ほくおう》のデザイナーが手がけたというだけあって、シンプルモダンな家具が配置されていたが、その中で最もデザイン力に溢《あふ》れたマロンブラウンのカウチソファに、同じくバスローブ姿の薫が長い足を伸《の》ばして座っていた。

クリーム色のクッションに凭《もた》れ、琥珀色《こはくいろ》の液体の入ったグラスを持ちながら。

「一人だけずるいぞ」

俺が片膝《かたひざ》でソファに乗り上げると薫はグラスをテーブルに置き、俺の腰を抱き寄せる。そのまま体重を預けた俺は、薫の頬を両手で包み込むと、上からキスを落とした。

ゆっくり味わうそのキスは、ほろ苦いスコッチウィスキーの味がする。

唇《くちびる》を離すと薫の長い指先が俺の目元を優《やさ》しく撫《な》で、そのまま同じところに口付けられた。

「お前の…冬の海のようなその瞳…神秘的ですごく…綺麗《きれい》だ…」

アッシュブルーの俺の瞳を見つめ、夢見るような口ぶりで薫は言う。綺麗なのは薫の瞳の方だと俺は思うのに、彼は恭《うやうや》しく俺の瞼《まぶた》に唇を押し当て、その薄い皮膚《ひふ》をなぞるようにキスをしていく。

「初めてお前を見た時…」

「うん…？」

薫が押し当てた唇を離すから、俺は薄目《うすめ》を開けて薫を見上げる。そこにあったのは、過去を引き寄せるように遠くを見つめる眼差《まなざ》し。

「高等部に上がったその日の夜、『今度ウチのクラスに入ってきた奴《やつ》、すごい不思議な目の色をしてるんだ』って、雅孝が言ったんだ。…それまで他人にほとんど興味を持たなかったアイツが、そんなことを言うなんて、って…半ば興味本位でお前を教室まで見に行ったんだけど…」

「…それで？」

俺は物語の続きを催促《さいそく》する子供のように、薫のバスローブの胸元《むなもと》を掴んだ。薫はそんな俺を見下ろし、前髪《まえがみ》を優しく梳《す》く。

「ただの興味本位だったのに…俺はお前を見た瞬間、恋《こい》に落ちた。お前見たさに、大した用事もないのに毎日雅孝の所に行って…そのくせ、まともにお前の顔も見られないくらい、緊張《きんちょう》してた」

「薫…覚えているか？　お前…俺に個人教授を買って出てくれた時の事…？」

俺の胸は初めての告白の時のようにドキドキと高鳴り、そしてその一方で何だか照れてしまう。バスローブを掴んでいた手をそのままに、俺は顔を伏《ふ》せるようにそっと薫の胸元に頰を寄せた。

「ああ。お前がテストの点数が悪くて転校するかも…って聞いた時、体と口が勝手に動いていたよ。勉強を見るだなんて、口実だった。どうにかしてお前を俺の方に向けさせたくて…何より、雅孝に取られたくなくて…」

肯定《こうてい》を表すように、薫は俺の毛先を指先で弄《いじ》り、頭にキスをする。俺はうっとりとその時の事を思い返していたが、薫の言葉に、驚いて顔を上げた。

「取られたくないって…俺を？」

「…今から思うとおかしな話だけど、あの時俺は、雅孝もお前を好きなんだと思ってた。俺は、お前を好きになって初めて…執着心《しゅうちゃくしん》っていう感情を知ったんだ」

薫は少し照れくさそうに笑い、俺の額にキスを落とす。そして俺の頬に手を添《そ》え、ゆったりと撫でた。

「…俺は、お前に触《ふ》れて…お前の全《すべ》てを俺だけのものにしたいって…そう思う気持ちを止められない。…以前はそんな自分の果てしない欲望が怖《こわ》かった。だからパリにお前が転勤になった時、わざと冷静なフリをしたりして…。でも、お前から別れを切り出されて、俺は気も狂《くる》わんばかりに後悔《こうかい》したよ。大人のフリなんてしなけりゃよかった、って…。でも、あまりのショックに、俺はすぐお前を追いかける事もできなかった」

「薫…俺のバカな思い込みのせいで、お前に辛い思いをさせて…ごめん」

「違《ちが》うんだ、修司。謝るのは俺の方なんだ。俺は…お前を縛《しば》り付けたくないって、いつも思ってる。でも、お前が俺から離《はな》れていく事を想像したら…俺は…」

『お前だけは誰にも渡《わた》さない』

そう叫《さけ》んだあの時から始まった薫の俺への独占欲《どくせん》は、今も変わらず、いや、これからもますます強く俺を縛り付けるだろう。

「いいんだ、薫…。もっと、もっとキツく俺はお前のものだって、縛り付けて欲しい…お前に縛り付けられるなら、俺…うれしい、よ…」

けれどそれは甘い蜜《みつ》のロープ。絡《から》みつくロープが強ければ強い程《ほど》、俺は薫の愛を感じてしまうから、これから先、俺はもうどこへも行けない。

「修司…」

頬を撫でていた手が両頬に添えられ、ゆっくりと唇の形をなぞった後、深いキスに変わる。

「…ん…」

唇から薫のすべてが沁《し》みこんでいくようで、俺はねだるように次にキスをして欲しい部分を差し出す。

額、こめかみ、頬…そして唇。どこもかしこも全部キスして欲しい。俺の体全部が、薫で満たされるように。

「…明日が来なければいいのに…」

長い長いキスの後、俺はそう呟《つぶや》いて薫の体に身をすり寄せた。

明日になれば薫はアメリカに行ってしまう。こうして体を重ねていられる時間も、あと少しなのだ。

俺は自分の勝手さを叱咤《しった》しながらも、つい薫を困らせるような事を言ってしまう。

「どうして?」

けれど薫は片眉《かたまゆ》を上げ、意外そうな顔をして聞いてくるから、俺は面食《めんく》らう。

「どうしてって…お前は明日アメリカに行くだろ? そうしたらまた長い間会えなくなる…」

「すぐにお前のところに戻《もど》ってくるよ」

そう言って薫はまたキスをくれるけど、俺は心配で仕方がない。何より、もうこれ以上俺は薫と離れていたくなかった。

『遠く離れていても愛し合っていれば大丈夫《だいじょうぶ》』とはよく聞く言葉だが、そんなの一体、誰が保障してくれる？

「俺…一緒《いっしょ》にアメリカに行きたい」

「店はどうするんだ？」

「三月…今期のワイン教室が終わったら、店を休業する」

元々、薫の前から姿を消そうとしていた俺は、三月で店をたたむつもりだった。けれどその事は敢《あ》えて伏せておくことにして、俺は薫に宣言する。

「だめだ」

しかし薫は俺の決定に顔をしかめ、首を振《ふ》る。

「何でだよ？」

来るな、と拒絶《きょぜつ》された気がして、俺は拗《す》ねたように口を尖《とが》らせてみたものの、心は悲しみで一杯《いっぱい》だった。

やっぱり三年前と同じように、薫は俺と離れていても平気なんだろうか？　俺だけが気持ちが離れてしまう事に、不安を感じているんだろうか？

そんなことを考えていた俺の耳に、薫の静かな声が滑《すべ》り込む。

「カフェ経営はお前の夢だろう？　そんな…俺のために簡単に諦《あきら》めるものじゃない。俺はこれから、お前の店を大きくする為《ため》に働いて…定年退職したらお前の横で新聞を読む生活をする。…それが俺の夢なんだから」

「薫…」

俺でさえもう忘れかけていた遠い記憶《きおく》が蘇《よみがえ》り、俺は呆然《ぼうぜん》としてしまう。まじまじと彼の顔を見つめていると、薫はどうした？　と不思議そうに俺の顔を見返した。

「そんな昔の事…お前よく覚えているな、と思って…」

薫は、俺が思っていたよりずっと一途《いちず》に、俺の事を愛してくれていたのかもしれない。幼い頃《ころ》、俺達が出会った頃のままに。

俺一人、大人になったつもりでいて、そのくせ一番大事な事を忘れてしまっていた。

「俺は修司が言ったことで、忘れた事なんて一つもないぞ？　お前はよく忘れるみたいだけ、どっ！」

ピン、とからかうように額を突《つ》かれて、ひどいな、と薫の胸を叩《たた》けば、彼は笑いながら俺を抱《だ》きしめてくれる。彼の広い胸に頰《ほお》を寄せると、しなやかな筋肉の下に息づく鼓動《こどう》を感じることができた。

「薫…俺の本当の夢は、お前といつまでも一緒に生きていく事なんだ。…店は、一人でも出来る。でも、俺はもう一人で生きていきたくない…」

だからお願い、俺を一人にしないでくれ。

その思いを込めて薫の顔を見つめれば、彼の瞳《ひとみ》の中に不安気に揺《ゆ》れる俺の顔。

けれど次の言葉を聞いた瞬間《しゅんかん》、瞳の中の俺は、輝《かがや》くような笑顔《えがお》に変わっていた。

「修司。離れている間も、俺の心はいつだってお前の傍《そば》にいた。…だから、お前が一人で生きていた事なんてないんだ。これから先も、ずっと…」

終章

夕暮れのマンハッタンをひた走るタクシーは、橋を渡り、ハドソン川が夕日を浴びてオレンジ色に染まっていた。

家路に向かう人々が作る反対車線は少し渋滞《じゅうたい》気味で。しかし金曜日とあってか、ノロノロと進む車を運転するドライバー達の表情には、不思議と苛立《いらだ》ちは見えなかった。

丁度俺の横に停《と》まった、ジープ型の車を運転する若い女性は窓を開け、オーディオから流れる軽快なメロディに合わせて唇《くちびる》を動かしている。そして、目が合った俺に口パクで『あなたも歌って！』と言うから、俺は彼女に微笑《ほほえ》み、開けた窓から手を振った。

季節が六月に移り変わろうとしている今日、俺はようやく薫の住むニューヨークへとやって来ることができた。大きな荷物は既《すで》にアッパーウエストにある薫のアパートに送ってあるので、俺が持っている物といえば、身の回りのものをつめた小さな鞄《かばん》が一つだけ。

俺は鞄の横にあるポケットから、ここに来るまでの間に何度も読み返した手紙をもう一度広げた。

——この手紙が、あなたが日本にいる間に手元に届くことを祈《いの》っている。

そんな書き出しで始まったアレクからの手紙の内容は、もう暗記ができるくらいだったが、俺はそのまま手紙を読み進めた。

『――あなたとあんな風に別れてしまって、僕は後悔《こうかい》している。…といってもこの手紙は決して二人の関係を元に戻そうとか、そういうことを言うためのものじゃない。ただ、店をやめる事、ニューヨークへ行く事を知らせてくれた、あなたの気持ちに応《こた》えたかっただけ』

アレクからの手紙は、俺が日本を発《た》つ三日前に届いた。その前に、店をたたむ事を知らせようと、彼の携帯《けいたい》に連絡《れんらく》をしたのだが、既に解約された後だった。

職場に電話をするには、あまりに個人的な用事すぎた為、迷った末に結局俺は、大使館宛《あて》に手紙を送った。そして俺はそのままアレクと直接会う事なく、日本を旅立った。

『今更《いまさら》かもしれないけれど――』

美しい文字で綴《つづ》られた手紙の最後は、こんな文章で締《し》めくくられていた。

『僕は初めてあなたを見た時、何て美しい人なんだろう、と思ったんだ。でも、僕がそう感じたのは、あなたが他《ほか》の誰かを…クジョーを真剣《しんけん》に愛しているからだと、クリスマス・イヴに、クジョーとオーナーの女性を見つめる、燃えるような瞳を見た時にわかった。それは僕では決して引き出せないものだともね。

僕は、あなたにはずっと美しいままでいてほしいと思っている。だから、あなたの情熱の行方《ゆくえ》であるクジョーとの幸せを、心から祈っているよ。

…まあでも、未来はわからないからね？　もし、クジョーと別れることになったら、いつでも僕のところへどうぞ。僕はご存じの通り心の広い男なので、いつでもあなたを歓迎《かんげい》するから。

その辺のところを、クジョーにもよーく伝えておいてほしいな――」

「ミスター、お仕事帰りですか？」

まるで本人の声が聞こえそうなその文面に俺が微笑んでいると、イエローキャブのドライバーがバックミラー越《ご》しに気さくな調子で話しかけてくる。一目でアフリカンアメリカンとわかる彼は、俺の事をニューヨーカーだと思っているようだった。

「いや…ああ、そう。これから恋人《こいびと》と会うんだ」

俺がそう言ってにこりと笑うと、ドライバーは『それはいいですね』と同じようにバックミラー越しに微笑んだ。

少しの嘘《うそ》に、真実を混ぜて。この程度の嘘なら、許されるだろう。

「ここ、か…」

薫から聞かされた住所を書いたメモを片手に見上げれば、そこにはアパート、とは名ばかりのワンブロックを占《し》める荘厳《そうごん》な建物がそびえ建っていた。

アッパーウエストの中でも、セントラルパークやアメリカ自然史博物館近くにあるこのあたりは、落ち着いた雰囲気《ふんいき》が漂《ただよ》う地域だ。巨大《きょだい》な門をくぐる俺の背後で、タキシードとイヴニングドレスに身を包んだ壮齢《そうれい》のカップルが、腕《うで》を組んだまま行き過ぎていく。

入ってすぐの中庭には噴水《ふんすい》があり、暮れゆく夏の薄闇《うすやみ》の中で静かに水音を立てていた。俺が噴水を通り過ぎると、アパートのエントランスに立つドアマンがドアを開けてくれる。

『ミスター・クジョウからお聞きしております。このまま六階にお上がりください』

折り目正しいコンシェルジェに見送られ、俺は奥にあるエレベーターへと乗り込んだ。

薫が先にアメリカへと発《た》ってから数ヶ月、彼とは電話やメールでしか連絡をとっていない。

俺は逸《はや》る気持ちを抑《おさ》えながら、エレベーターが目的の階に着くのをじりじりと待った。

六階に着いたエレベーターを降りてすぐ左、アイボリーの扉《とびら》の前に立つ。

俺は深呼吸を一つしてからドアベルに手を伸《の》ばそうとした。

「…わっ！」

ベルを押そうとした瞬間、勢い良くドアが開き、俺はもう少しでドアの角に頭をぶつけるところだった。

咄嗟《とっさ》に脇《わき》に飛びのいた俺は、怪我《けが》こそしなかったものの、『危ないな！』と文句の一つでも言ってやろうと思った。しかしすぐに室内に引き込んだ薫に玄関先で強く抱きしめられ、俺の思考は止まる。

「修司、逢《あ》いたかった…」

そう耳元で囁《ささや》かれれば、さっきまでの怒《いか》りは跡形《あとかた》もなく消え去り、薫への愛《いと》しい想《おも》いで一杯の気持ちと共に、俺の腕は彼の背中に回される。

「俺も逢いたかったよ…」

どちらからともなく唇を寄せ、俺達は深いキスを交《か》わし、そのままいつ終わるとも知れないキスが続いていく。

「愛してる…」

キスの合間に告げられる薫からの愛の言葉。その一言を聞くだけで、どんなに困難な状況《じょうきょう》も乗り越えられる魔法《まほう》の言葉を、俺も返そう。

「薫…愛しているよ…」

今までの俺達は、少しずつ言葉が足りなかった。大事なことを言うタイミング、大事なことを聞くタイミングが僅《わず》かにずれたせいで、お互《たが》いの気持ちまですれ違《ちが》ってしまった。

けれどこれからは愛しさも不安もすべて、ちゃんとお互い、口にしよう。そう誓《ちか》い合った俺達は、互いを見つめ、未来に向かって歩き出す。

そこには、明るいものしかないはずだ。

あとがき

はじめましての方も、そうではない方も、この度《たび》は私の本を読んでいただき、ありがとうございます。

『俺の愛しい王子様』――私の二冊目の本になりますが、一冊目のスピンオフ作品でもあるので、思い出す数々の事は一冊目の時にまでさかのぼります。一番印象深いのは、タイトルを決めた日の事でしょうか…。(担当様、その節はご迷惑《めいわく》をおかけしました)

他の作家さんの御本《ごほん》を読んでいると、作品のタイトルを決めるのが苦手、という文章をよく見かけますが、私もその一人です。加えて私の場合、登場人物の名前を決めるのも苦手、というオマケも付いてきます。

『タイトルはもう決まっています!』と元気よく担当様に報告できる事が、最近の目標です。(もっと他に重要な事がある気もしますが…ゲフン、ゲフン…!)

さて、二冊目ということで、あとがきを書くのも二回目。前回と同じく、皆様《みなさま》に披露《ひろう》できる素晴《すば》らしい逸話《いつわ》(見目麗《みめうるわ》しい青年が夕暮れのカフェで、学ランの美少年の手をそっと摑《つか》んで愛を囁《ささや》いている場面に遭遇《そうぐう》した、など。↑ここまできたら妄想《もうそう》も病気レベル)もなく、結局、作品のこぼれ話をするしか能のない己《おのれ》にため息です。しかも前回のあとがき、唯一《ゆいいつ》身内で私の本を読んでくれた義姉に、『せっかくしんみりと終わったのに、あのあとがきはないよ〜』と言われました（苦笑）。うーん…やっぱりいきなり下ネタはまずかったか…。

というわけで、今回は反省点を踏《ふ》まえたこぼれ話にしようと思います。

私は制作過程でネタがいくつか浮《う》かんだ時、試《ため》しに友人へ話してみるのですが（数々のバカバカしいネタを辛抱強《しんぼうづよ》く聞いてくれる友人達には、足を向けて寝《ね》られません）、今回、一番白熱したのは、薫と修司が再会するシーンでした。（以下、友人との会話）

私：『…で、再会した直後に、半ば強引《ごういん》にHするねんけど…』

友人：『いいねー。やっぱ再会にHは付きものやもんね！』（友人、嬉《うれ》しそう）

私：『（興奮気味に）そうでしょー！　んで、二人がヤル場所やねんけど、お店の奥が住居になっているから、まずはそこへ移動して…』

友人：『え？　ヤルの、お店じゃないの？』

私：『店で?!　衛生的に問題やろ』（BL作家として細かい事気にしすぎ）

友人：『急ぎ感が大切やで！　店やろ、店！！！』

『急ぎ感』…名言です。…あれ？　私さっき『反省点云々《うんぬん》…』って言っていたのに…これじゃ前と変わらない！　すみません！　でも他の裏話はもっとヒドイ！　わー!!

またもや収拾《しゅうしゅう》がつかなくなってきたところで、お礼に逃《に》げ…いえ、移ります。

先述の担当様、そして編集部の皆様。前回に引き続き、今回も大変お世話になりました。ありがとうございます。これからもどうぞよろしく御願《おねが》い致《いた》します。

そして一冊目と同じく、挿絵《さしえ》を担当して下さった、明神翼様。FAXでキャララフを受け取った時の感動は、今も言葉に出来ません。お忙《いそが》しい中、ありがとうございました。ちなみに、胴衣《どうい》の色の好みが一致《いっち》したのは嬉《うれ》しい偶然《ぐうぜん》です（笑）。


友人達へ。

Kちゃん、素敵な名言をありがとう！　あの時は雷《かみなり》を受けたかのようでした。これからもゲリラ的電話に付き合って下さいませ。

Yちゃん。新しい世界が開けたでしょ？（笑）　いつも優《やさ》しい言葉をありがとう。これからも私達兄妹をよろしく。

TNちゃん、Uちゃん、今回も色々とありがとう。あなた達のアドバイスが、日々の糧《かて》になっています。

Nちゃん。ヘタレな私をいつも見守ってくれてありがとう。あなたがかけてくれる言葉がどれほど励《はげ》みになっていることか……！　今もこれからも大感謝。いつか海に向かって『BLが大好きだー！』と叫《さけ》びましょう。

その他、お世話になったたくさんの方々にもお礼の言葉を述べたいと思います。本当にありがとうございました。

そして何より、私の本を手に取り、ページを開いてみようかと思って下さった、すべての方々に感謝しています。何度でも『ありがとうございました！』と言い続けたいです。

最後に、感想などございましたら、一言でも構いませんのでご連絡《れんらく》下さい。お待ちしております。

二〇〇七年　十月

河合ゆりえ

KADOKAWA RUBY BUNKO
俺《おれ》の愛《いと》しい王子様《おうじさま》
河合《かわい》ゆりえ

角川ルビー文庫 R115-2　　14949

平成19年12月1日　初版発行

発行者——井上伸一郎
発行所——株式会社角川書店
東京都千代田区富士見2-13-3
電話/編集(03)3238-8697
〒102-8078
発売元——株式会社角川グループパブリッシング
東京都千代田区富士見2-13-3
電話/営業(03)3238-8521
〒102-8177
http://www.kadokawa.co.jp
印刷所——旭印刷　製本所——BBC
装幀者——鈴木洋介

ISBN978-4-04-453002-0　C0193　定価はカバーに明記してあります。